目　次

まえがき

　この本は、文法（助詞と述語の関係）と語彙（似かよった言葉の区別）と表記（異字同訓の漢字の書き分けと意味の区別）の３部から成り立っています。

　今から10年ほど前に、近代文芸社から『田中稔子の日本語の文法』の本を出版していただきました。そのときは、助詞を意味の上から分類しました。たとえば「花が咲く」の「が」は主語を表す。「道を歩く」の「を」は通過点を表す。「家に帰る」の「に」は帰着点を、「車で行く」の「で」は手段を表すといったように、助詞を前にくる言葉と関係づけた意味の分類です。

　本書では助詞、特にその中でも、基本的な文型を作っていく力のある格助詞は、語と語を関係づけるのが主な役目なので、前にくる言葉だけでなく、当然、後ろにくる言葉とも関係します。日本語の文型は、いろいろな分類の仕方がありますが、述語によって「どうする文（動詞述語文）」「どんなだ文（形容詞述語文）」「何だ文（名詞述語文）」の三つに分けることができます。どんな述語のときに、どんな助詞を使うのか、どんな助詞のときどんな述語がくるのか、今回は助詞と述語の関係を扱ってみました。

　次に語彙の面では、似かよった言葉の意味を区別してみました。それは、多くの日本語教員を通して外国人の中から指摘されたものです。「打つと叩くはどう違いますか」「開く（ひらく）と開けるはどう違うのですか」……次々に出される質問に、私はすぐには答えられませでした。「打つ」は瞬間動作で強い力が加わる、「叩く」は継続動作で弱い力が加わるという違いがあると書いてある本もあります。しかし、強い力で叩くこともあれば、弱い力で打つこともある。力の加え方だけでなく、動作の内容に何か違いがあるのではないだろうか。そんなことを考えながら、近くの八百屋さんに買い物に行きました。すいかを手にとって、

11

ポンポンと叩き、中身の熟れ具合を調べました。はっとしました。これが叩くだと思いました。トイレに人が入っているかどうか確かめるときもトントンと戸を叩きます。床が傷んでないかどうかを確かめるとき、アンコールと拍手するとき、いずれも「叩く」と言い、打つとは言いません。「叩く」は動作の対象の状態を確かめたり、相手の反応をみるときに使っている。「ホームランを打つ」「釘を打つ」「腰を打つ」などと「打つ」は一方的な動作のときだ。と、こんな違いに気がつきました。また、ある日、台所で鯵の干物を焼きながら、窓ごしに庭を眺めていたら、子供の遊ぶ姿が見え、「結んで開いて手を打って結んで」の歌声も聞こえてきました。幼い日の情景が思い出され、私も思わず握りこぶしに手を結んだり、開いたりする動作を繰り返していました。そうだ、この場合の「開く」は閉じた状態の内から外に広げる動作をしている。「つぼみが開く」「傘を開く」「扉を開く」と次々に内から外に広がる〈広げる〉意味の「開く」の言葉が浮かんできました。それでは、「開ける」はどうだろう。と考えていたら、「カーテンを開ける」「障子を開ける」「幕を開ける」と次々に浮かんでくる動作はすき間を作るときに使われていることに気づきました。これらの言葉をもっと正確に区別しようと思い、いろんな辞典や研究書を調べてみました。それらを参考にしながら、詳しい説明は省いて、できるだけ簡単に、分かり易く、私なりの考えを入れてまとめてみました。

　また、表記にはいろんな問題がありますが、異字同訓の漢字の使い分けは、外国人にとっても、私たち日本人にとっても、紛らわしく迷うことがよくあります。そこで、国語審議会漢字部会の作成による〈「異字同訓」の漢字の用法〉を基本にしながら、文化庁の「ことばシリーズ」、現代国語辞典、古語辞典、漢和辞典、外国人のための基本語用例辞典などを参考にして、私なりに整理してみました。

　最後に、本書の出版に当たってお世話になった塚田玲子さんにお礼を申し上げます。塚田玲子さんは、私の大学時代の級友であると同時に長年にわたって日本

語教員を続けていらっしゃいました。私を日本語教育に引っぱって下さったのも塚田玲子さんです。日本語に関する新しい考えを話すたびに、私の考えを肯定し出版を勧めて下さいました。 いつになってもちっとも原稿の進まない私に、「カラさん（旧姓辛嶋による）、早く書き上げないと年取ってしまうわよ。カラさんもう十分年なんだから急いだ方がいいわよ。がんばってね」と終始、励まし応援して下さいました。出版社との交渉もすべて快く引き受けて下さいました。玲子さん、本当にどうもありがとう。心から感謝の気持ちでいっぱいでございます。矢野冨美子さんをはじめ、大勢の日本語教員の皆さん、いつも暖かい目で見守って下さり、日本語に関するいろんな問題を提起して下さってありがとう。編集長の宝田淳子さんにも大変お世話になりました。私の力の及ばない点を細部にわたって注意して下さいました。本当にありがとうございます。

　日本語を学ぶ外国人ならびに日本語教員の皆さん、そして、広く一般の日本人の方々にも、少しでも日本語に興味を持っていただき、お役に立てていただければと願って止みません。

続・田中稔子の
日本語がわかる

――文法・語彙・表記――

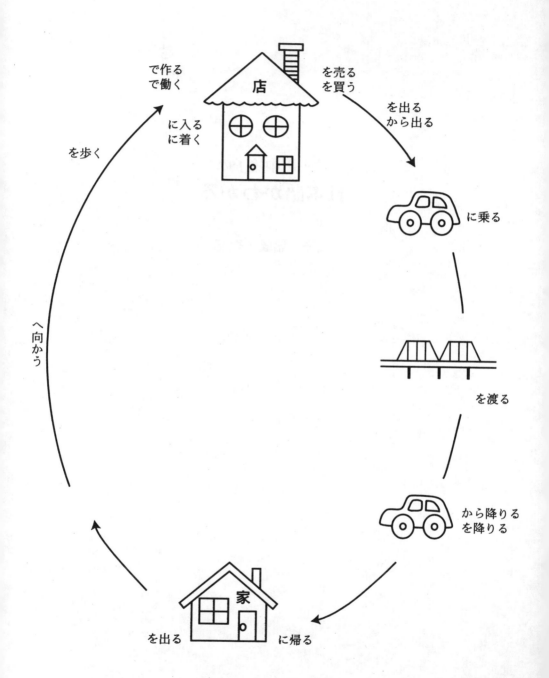

〔1〕 多様な文型を持つ動詞述語文

格助詞とは

日本語の基本文は、「何は（が）」の主語の部分と、「どうする・どんなだ・何だ」の述語の部分を助詞の「は」と「が」で関係づけて成立する。

　　　何は（が）どうする。　　桜は（が）咲く。

　　　何は（が）どんなだ。　　桜は（が）きれいだ。

　　　何は（が）何だ。　　　　桜は（が）花だ。

　この三つの文型のうち、どうする文（動詞述語文）には複雑な文型がある。それは格助詞の働きによって、いろいろな型に区別される。

　格助詞とは、体言と用言、体言と体言の関係（格）を明らかにして、相手に自分の考えや気持ちを正確に伝える働きをする助詞のことである。

　　　友達助ける

　これだけでは「友達が（誰を）助ける」のか、「友達を（誰が）助ける」のかはっきりしない。友達（体言）と助ける（用言）との間に助詞の「が」あるいは「を」を入れると文意がはっきりする。この場合、「が」は主体を表しているので主格の格助詞と呼ぶ。「を」は動作の対象を表しているので対格（対象格または目的格）の格助詞と呼ぶ。

　　　わたし母親

　これだけでは「わたしが母親」なのか「わたしの母親」なのかはっきりしない。わたしと母親の間に「が」または「の」を入れることによって文意がはっきりする。この場合、「が」は主体を表しているので主格の格助詞と呼び、「の」は所有を表しているので所有格を表す格助詞と呼ぶ。

このように、体言と用言、体言と体言の間に入って両者を関係づけ、主格なの
か、目的格なのか、所有格なのかといった格を決め、文意を明確に示す働きをす
るものをすべて格助詞と呼ぶ。「格」という概念は、屈折語と呼ばれるギリシャ、
ラテン語などからおこり、屈折語では語形変化が格に関係あると言われている。
日本では、山田孝雄がはじめて「格助詞」と命名し、文語には「の」「が」「を」
「に」「へ」「と」「より」「から」の8種を、口語には更に「で」を加えて9種の
助詞の中に「格」を認めた。その後も橋本進吉、時枝誠記をはじめ多くの学者に
よって「格」の研究がすすめられてきている。今日でも、一般に「が」「の」
「を」「に」「へ」「と」「より」「から」「で」の9種を格助詞と呼んでいる。
　この格助詞の中でも、「が」と「の」以外は、事物や事柄を示す体言（体言相
当の語を含む）と叙述を示す用言との関係づけによって作られる動詞述語文から
成り立っている。体言の内容によって、どんな格助詞を使うのかが決まり、用言
の内容によってどんな格助詞を使うのかが決まる。「車に乗る」はどうして「に」
助詞を使うのか、「車を降りる」はどうして「を」助詞を使うのか。どんな動詞
のときにどんな助詞を使うのか、はじめに、どうする動詞と助詞の関係を扱うこ
とにする。

(1)　をどうする文

「～は（が）～」の基本文に「どこを」「何を」「だれを」「時を」の言葉を加え
る。

　　　ぼくは（が）歩く。──→ぼくは（が）道を歩く。

　　　ぼくは（が）読む。──→ぼくは（が）本を読む。

　　　ぼくは（が）呼ぶ。──→ぼくは（が）友を呼ぶ。

　　　ぼくは（が）待つ。──→ぼくは（が）春を待つ。

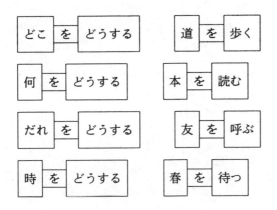

A 自動詞が述語の文

① 「を」助詞が起点（出発点）と出発する動作を関係づける

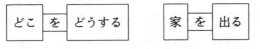

を出る　　を発つ　　を出発する　　を発車する　　（席）を立つ　　を去る　　を離れる　　を転出する　　を脱出する　　を出帆する　　を卒業する　　を辞める　　を退学する　　を退職する

② 「を」助詞が通過する場所と通過する動作を関係づける

を歩く　　を這う　　を走る　　を駆ける　　を滑る　　を飛ぶ　　を登る　　を昇る　　を泳ぐ　　を越える　　を渡る　　を通る　　を抜ける　　を横切る　　を曲がる　　を回る　　を潜る　　を辿る　　を下る　　を過ぎる　　を進む　　を流れる　　を散歩する

B　他動詞が述語の文

「を」助詞が体言とその体言に働きかける動詞を関係づける

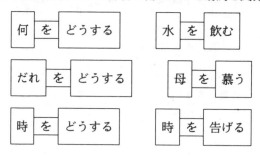

① 飲食の動作

を飲む　を食べる　を吸う　をかむ　をかじる　をなめる　をすする　をつまむ　をほおばる　を味わう　をしゃぶる　を吐く　を戻す

② 調理する動作

を作る　を煮る　を焼く　を蒸す　を炒める　を炊く　を切る　を割る　を刻む　を削ぐ　を砕く　を削る　を茹でる　を焙る　を揚げる　を漬ける　を捏ねる　を搗く　を燻す　を沸かす　を濾す　を丸める　を裂く　を包む　を剥ぐ

③ 言葉を使う動作

を話す　を申す　を語る　を述べる　を呼ぶ　を書く　を叫ぶ（値上げ反対）　を告げる　を名乗る　を伝える　を知らせる　を訴える　をかける（声）　を読む　を問う　を放送する　を

答える

④　受給の動作

　　をやる　　をあげる　　をさしあげる　　をくれる　　をくださる　　を
　　もらう　　をいただく　　を授ける　　を与える　　を贈る　　を送る
　　を届ける　　を支払う　　を戻す　　を譲る　　を渡す　　を受ける
　　を受け取る　　を貸す　　を借りる　　を売る　　を買う

⑤　元の状態を変える動作

　　を染める　　を崩す　　を砕く　　を消す　　をずらす　　を倒す　　を
　　割る　　を切る　　を変える　　を分ける　　を剃る　　を倒す　　を毟
　　る　　を外す　　を燃やす　　を削る　　を壊す　　を離す　　を潰す
　　を絞る　　を搾る　　を耕す　　を開く　　を開ける　　を閉じる　　を
　　閉める　　を綴じる　　を曲げる　　を混ぜる　　を磨く　　を剥ぐ
　　を加える　　を減らす　　を除く　　を締める

⑥　音楽・美術に関する動作

　　を吹く　　を弾く　　を奏でる　　を歌う　　を出す（声・音）　　を鳴
　　らす　　を作曲する　　を創作する　　を読む（楽譜）　　を執る（指揮）
　　を踏む（ペダル）　　をハモる　　を観る　　を聴く　　を描く　　を彫
　　る　　を塗る　　を飾る　　を刷る　　を掛ける（額）

⑦　手の動作

　　を持つ　　を招く　　を拾う　　を捨てる　　を掘る　　を振る　　を播
　　く　　を揺らす（揺する・揺さぶる）　　を刈る　　を拝む　　を折る

を打つ　　を叩く　　を摑む　　を握る　　を摘む　　を採る　　を擦る
を抱く　　を押す　　を拭く　　を揚げる　　を搔く　　を掬う　　を書
く　　を描く　　を撫でる　　を撲る　　を投げる　　を梳かす　　を操
る　　を掃く　　を抓む　　を指す

⑧　体に働きかけ、体を動かす動作

を洗う（顔）　　を磨く（歯）　　を折る（指）　　を張る（胸）　　をまく
る（腕）　　を生やす（ひげ）　　をくすぐる（足の裏）　　を寄せる（頰）
を組む（足）　　を曲げる（腰）　　をいからせる（肩）　　を回す（目）
を振る（首）　　を嚙む（爪）　　をかむ（鼻）　　を歪める（口）

⑨　感覚器官の動作

を見る　　を嗅ぐ　　を聞く　　を触る　　を味わう　　を感じる

⑩　身支度の動作

を着る　　を履く　　を脱ぐ　　をまとう　　をかぶる　　を締める
を付ける　　をはめる（ボタン・手袋）　　を巻く　　を結う　　を羽織る

⑪　人を対象とする動作

を待つ　　を誘う　　を迎える　　を見舞う　　を訪ねる　　を雇う
を救う　　を助ける　　を許す　　を可愛がる　　をおだてる　　を慰め
る　　を追う　　を育てる　　をしつける　　を抱く　　を連れる　　を
蹴る　　をにらむ　　をおどす　　をこらしめる　　を打つ　　を叩く
を撃つ　　をぶつ　　を撲る　　をいじめる　　を負かす　　を殺す
を突く　　を押す　　を倒す　　を怒鳴る　　を叱る　　を責める　　を

攻める　　を強いる　　を与える（ショック）　　を浴びせる　　をだます

⑫　心理作用
を好む　を好く　を嫌う　を憎む　を愛す　を慕う　を恋する　を妬む　を羨む　を恨む　を喜ぶ　を怒る　を楽しむ　を悲しむ　を苦しむ　を悔いる　を誇る　を欲する　を思う　を願う　を望む　を笑う　を認める　を諦める　を疑う　を信じる　を迷う　を怖れる　を怖がる　を敬う　を恥じる　を渋る　を鎮める（気持ち）　を込める（心）　を我慢する　を案じる　を心配する

⑬　その他
を継ぐ　を補う　を興す　を卸す　を修める　を定める　を決める　を浮かべる　を沈める　を調べる　を照らす　を備える　を貯める　を試みる　を翻訳する　を弱める　を始める　を設ける　を構える　を貫く　を敷く　を治す　を強める　を翻す

　この他、「を」助詞と結びつく動詞はたくさんあるが、ここでは主なものを取り上げた。

(2)　にどうする文（にどうなる文）
「～は（が）～」の基本文に「どこに」「何に」「だれに」「いつに」の言葉を加える。
　　　　太郎は（が）住む。──→太郎は（が）東京に住む。

雨は（が）変わった。　──→雨は（が）雪に変わった。

妹は（が）相談する。　──→妹は（が）姉に相談する。

父は（が）起きる。　──→父は（が）5時に起きる。

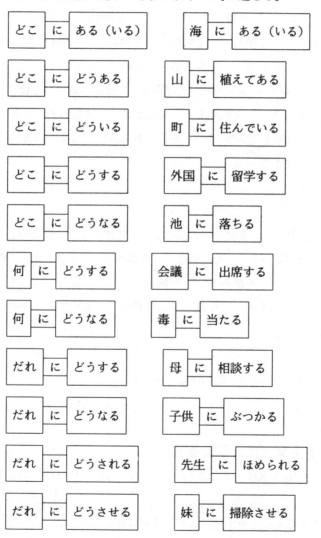

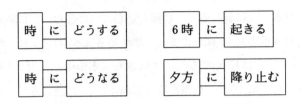

A どこにどうする文（どこにどうなる文）

① 「に」助詞が存在する場所と動詞を関係づける

にある　　にいる　　に住む　　に残る　　にとどまる　　に滞在する

② 「に」助詞が到達する場所と動詞を関係づける

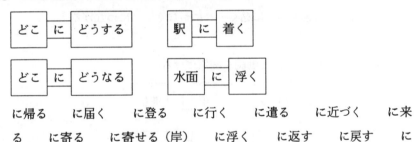

に帰る　　に届く　　に登る　　に行く　　に遭る　　に近づく　　に来
る　　に寄る　　に寄せる（岸）　　に浮く　　に返す　　に戻す　　に
届ける　　に沈む（水底）

③ 「に」助詞が中に入る（入れる）場所と動詞を関係づける

に入る　　に入れる　　に封じる　　に押し込む　　に包む　　に隠れる
に隠す　　に沈む（水中）　　にもぐる　　に沈める（水中）　　に入学す
る　　に入社する　　に転入する　　にはさむ（本の中）　　に浸る
に浸す　　にたたむ（胸中）　　に消える（霧の中）　　に混じる　　に混
ぜる　　に捨てる　　に加える　　に収（納）める　　に込もる　　に込
める　　にしみる　　に漬かる　　に漬ける　　に仕舞う

④　「に」助詞がくっ付く（くっ付ける）物や場所と動詞を関係づける

に付く　　に付ける　　に置く　　に掛ける　　に吊す　　に飾る　　に
座る　　に塗る　　に止まる　　に止める　　に結ぶ　　に張る　　に据
える　　に書く　　に巻く　　につなぐ　　につなげる

⑤　「に」助詞が方向と動詞を関係づける

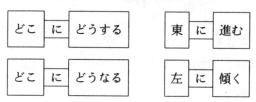

に進む　　に傾く　　に傾ける　　に曲がる　　に曲げる　　に向く　　に
向かう　　に向ける　　に上がる　　に上げる　　に下がる　　に下げる
に退く（後ろ）　　に回る　　に回す　　に裂ける（横）　　に走る（東
西）

B　何にどうする文（何にどうなる文・何にどうされる文）

①　「に」助詞が目的と動詞を関係づける

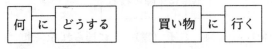

に行く（釣り）　　に参加する（平和運動）　　に育てる（美人）　　にい
そしむ（研究）　　に励む（体力づくり）　　に努める（倹約）　　に招く
（祝賀会）　　に言う（気休め）

②　「に」助詞が原因（理由）と動詞を関係づける

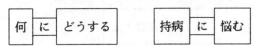

に当たる（毒）　　に苦しむ（借金）　　に驚く（風の音）　　にびっくり
する（突然の来訪）　　に焼ける（日）　　につまずく（石）　　にかぶれ
る（薬品）

③　「に」助詞が元の状態を変えた（変わった）後の状態と動詞を関係づけ
る。

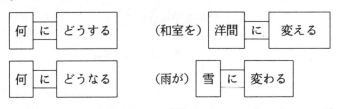

に変わる　　に変える　　に変化する　　に化ける　　に改める　　に分
解する　　に直す　　にくずす（千円札）　　に切る　　に割る　　に割
れる　　に切れる　　に分ける　　に分かれる　　に茹でる（半熟）

27

④ 「に」助詞が受身の対象と動詞を関係づける

に悩まされる（税金）　　に降られる（雪）　　に揺られる（車）　　に驚
かされる（雷の音）　　にさらされる（波）　　に吹かれる（風）　　に照
らされる（月の光）　　に流される（川）

C　だれにどうする文（だれにどうされる文・だれにどうさせる文）

① 「に」助詞が対する相手と動詞を関係づける

に相談する　　に頼む　　に渡す　　に売る　　に貸す　　に伝える
に訴える　　に連絡する　　に電話する　　に知らせる　　に報告する
に委ねる　　にやる　　にあげる　　にくれる　　にさしあげる　　にく
ださる　　にもらう　　にいただく　　に送る　　に贈る　　に教える
に教わる　　に言う　　に話す　　にすすめる　　に従う

② 「に」助詞が受身の相手と動詞を関係づける

に助けられる　　に言われる　　に叱られる　　に怒られる　　に抱かれ
る　　に愛される　　にいじめられる　　に撲られる　　に責められる
にだまされる　　に与えられる

③ 「に」助詞が使役の相手と動詞を関係づける

に書かせる　　に読ませる　　に作らせる　　に拾わせる　　に撲らせる
に運ばせる　　に調べさせる　　に食べさせる　　に投げさせる　　に並
べさせる　　に届けさせる　　に運動させる　　に掃除させる

　この「だれにどうさせる文」の動詞はすべて意志動詞から成り立つ。しかも自動詞の場合は使役の対象と動詞を関係づける助詞に「に」を使う場合と「を」を使う場合がある。

> 子供に行かせる。　　　子供に登らせる。
> 子供を行かせる。　　　子供を登らせる。

「に」で表す場合は、相手に依頼して、相手の意向によって、その動作をさせる意を表す。「に」は本来、存在の場所を指定する助詞なので、使役も相手の存在への働きかけ、相手に命令して、その動作をさせるので「に」を使うのが一般である。これに対して、「を」はもともと対象に対する一方的な働きかけを表す助詞なので、使役に使った場合も、「に」よりも強制力が強く、一方的に決めつけて、その動作をさせる意になる。だから、「子供に行かせる」の文だと

　　　子供に頼んで行かせる。

　　　子供にお願いして行かせる。

　　　子供に言い聞かせて行かせる。

のように、文中に依頼表現をはさんで表すことができるのに、「を」を使うと相手の意志に関係なく、一方的に決めつけてその動作をさせる意になり、文の間に依頼表現をはさむことはできない。

D 時にどうする文（時にどうなる文）

① 「に」助詞が時と動詞を関係づける

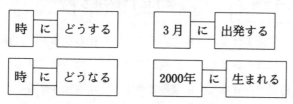

に起きる　に寝る　に始まる　に始める　に行く　に帰る
に出る　に出す　に戻る　に着く　に届く　に届ける　に咲
く　に枯れる　に開く　に開ける　に閉じる　に閉める　に
食べる　に会う　に植える　に鳴る　に現れる　に起こす

「出発点」ヲ「動詞」と「帰着点」ニ「動詞」

を	に
部屋を出る	部屋に入る
電車を降りる	電車に乗る
陸を離れる	陸に着く
故郷を去る	故郷に帰る
駅を発つ	駅に着く
席を立つ	席に座る
中学を卒業する	中学に入学する
会社を辞める	会社に勤める
役職を降りる	役職に就く
この世を去る	この世に生まれる
大学を落ちる	大学に受かる

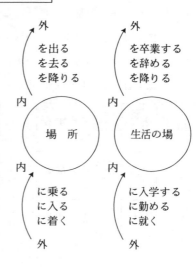

「通過点」ヲ「動詞」と「帰着点」ニ「動詞」

を	に
青春を生きる	青春に生きる
幼年時代を過ごす	幼年時代に返る
学生生活を送る	学生生活に浸る
数ヶ月を経る	数ヶ月に至る
悲惨な運命を辿る	悲惨な運命に遭う

(3) へどうする文（へどうなる文）

「〜は（が）〜」の基本文に「どこへ」「だれへ」の言葉を加える。

ぼくは（が）行く。──→ぼくは（が）外国へ行く。

実は（が）落ちる。──→実は（が）地面へ落ちる。

ぼくは（が）呼びかける。──→ぼくは（が）仲間へ呼びかける。

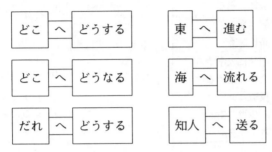

A　どこへどうする文（どこへどうなる文）

①　「へ」助詞が方向と動詞を関係づける

へ傾く　　へ向かう　　へ行く　　へ注ぐ　　へ退く　　へ回る　　へ回
す　　へ曲がる　　へ曲げる　　へ上がる　　へ上げる　　へ下がる
へ下げる　　へ進む　　へ退ける

B　だれへどうする文

①　「へ」助詞が相手と動詞を関係づける

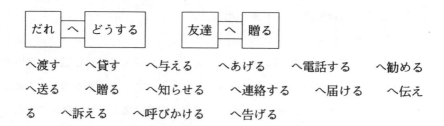

へ渡す　　へ貸す　　へ与える　　へあげる　　へ電話する　　へ勧める
へ送る　　へ贈る　　へ知らせる　　へ連絡する　　へ届ける　　へ伝え
る　　へ訴える　　へ呼びかける　　へ告げる

方向を示す「へ」と帰着点を示す「に」の推移と現状

方向を示す「へ」は「に」に置きかえることも可能である。

> 学校へ行く。
> 学校に行く。

　現在、わたしたちは方向を表すのに「へ」と「に」を特に意識しないで使っている。ところが、昔は地方によって使い方が異なり、室町時代には「京へ筑紫に坂東さ」という諺が行われていた。京都の周辺では「へ」を、九州では「に」を関東周辺では「さ」を使って方向を表していた。今でも東北地方では「学校さ行ってくる」「山さ行くべえ」のように「さ」を使う人も大勢いる。この「さ」を使っていた東京に、江戸時代になると西の方から「へ」の用法が伝わり、更に明治の終わりごろになると「に」も入ってきて、「さ」と「へ」と「に」が並用されるようになった。いつの間にか「さ」は東北地方だけに追いやられ、東京ではもっぱら「へ」と「に」が使われるようになった。同じ用法で二つの使い方があると、人々はそれぞれの使い方を区別しようとし、別々の意識を持つようになる。「へ」は主に方向を表し、「に」は主に帰着点を表すときに使うようになった。

　現在では「へ」と「に」の用法を区別する場合と、特に意識しないで同じように使う場合がある。

> 海へ行く。　　丘へ登る。　　駅へ向かう。
> 海に行く。　　丘に登る。　　駅に向かう。

$$\left\{ \begin{array}{l} 店へ届ける。 \\ 店に届ける。 \end{array} \right. \quad \left\{ \begin{array}{l} 東へ進む。 \\ 東に進む。 \end{array} \right.$$

　これらの用例は、日常会話では「へ」と「に」の両方を特に意識して区別することなく、その場その場で適当に使っている。ところが、文章を書くだんになると、方向を意識するときは「へ」を、帰着点を意識するときは「に」をそれぞれ使い分けていることが多い。それは古い京都の伝統的な言葉の使い分けに由来するのかもしれない。

「へ」は「あたり」の意を表す名詞「辺（へ）」から転成した助詞で、奈良時代には現在地から遠くへ向かっていく移動を表す働きをしていた。これに対して「に」は、指定の助動詞「なり」の連用形「に」と起源的には同じもので、静止する一点を指定するのが基本的だったと言われている。「に」にはいろいろな用法があるが、「へ」と対立する用法としては帰着点を示す機能を持っていた。ところが、平安中期以後は「へ」も帰着点を示すときに使われるようになる。更に鎌倉時代になると「へ」の示す対象が場所だけでなく、人に関するものにも使われるようになり、現代語の用法とほぼ同じになる。

　このように、古い時代には中央語で「へ」と「に」の区別があった。それが今も文章語になると、方向には「へ」、帰着点には「に」という潜在的意識が働くのかもしれない。

$$\left\{ \begin{array}{l} 映画へ行く。（×） \\ 映画に行く。（○） \end{array} \right. \quad \left\{ \begin{array}{l} 泳ぎへ行く。（×） \\ 泳ぎに行く。（○） \end{array} \right.$$

$$\left\{ \begin{array}{l} 釣りへ行く。（×） \\ 釣りに行く。（○） \end{array} \right. \quad \left\{ \begin{array}{l} 仕事へ行く。（×） \\ 仕事に行く。（○） \end{array} \right.$$

　これらの文は、「映画」「泳ぎ」「釣り」「仕事」が目的を表している。だから、方向を示す「へ」を使うことはできない。

⑷ でどうする文（でどうなる文）

「～は（が）～」の基本文に「何で」「どこで」「だれで」「時で」「どんなで」の言葉を加える。

先生は（が）書く。──→先生は（が）筆で書く。

店は（が）焼ける。──→店は（が）火事で焼ける。

子供は（が）遊ぶ。──→子供は（が）公園で遊ぶ。

桜は（が）散る。──→桜は（が）三日で散る。

A 何でどうする文（何でどうなる文）

① 「で」助詞が材料と動詞を関係づける

で編む（毛糸・竹・ひも・籐・針金）　で葺く（茅・瓦・麦わら）　で塗る（ペンキ・色鉛筆・絵の具）　で建てる（木・れんが・大理石）　で作る（紙・布・木・ガラス・プラスチック・鉄・銅・糸・粉・野菜・皮革・肉・魚・綿・羽・竹・草・羊毛・金・銀・石……）

② 「で」助詞が道具（手段・方法）と動詞を関係づける

で食べる（箸）　で煮る（鍋）　で洗う（たわし）　で照らす（懐中電灯）　で行く（電車）　で治す（薬）　で宣伝する（テレビ）　で操作する（リモコン）　で採る（虫網）　で占う（トランプ）　で観る（望遠鏡）

③ 「で」助詞が原因・理由と動詞を関係づける

で休む（風邪）　で枯れる（霜）　で倒れる（台風）　で死ぬ（食中毒）　で遅れる（事故）　で散る（風）　で失明する（網膜症）　で禿げる（睡眠不足）

④ 「で」助詞が動作・作用の行われる場所と動詞を関係づける

で泳ぐ（プール）　で読む（図書館）　で遊ぶ（遊園地）　で食べる（レストラン）　で休む（木陰）　で運動する（校庭）　で踊る（舞台）で働く（工場）　で光る（光の中）　で育つ（温室）　で殖える（暗い所）　で生まれる（東京）　で歌う（野外ステージ）　で売る（駅）で暮らす（外国）　で演説する（街頭）

場所と動詞を関係づける「を」と「に」と「で」の相違

「を」は起点（移動を開始する場所を表す。出発点とも言う）および通過点と動詞を関係づける。

「に」は存在する場所および到達する場所（着く・中に入る・くっ付く）と動詞を関係づける。

「で」は動作の行われる場所と動詞を関係づける。

　　　　｛山に登る。（「に」は「登る」という動作の到着場所を指定）
　　　　｛山を登る。（「を」は山の裾野から、または中腹から頂上に向かっていく
　　　　　　　　　　道、通過していく場所を示す）

　　　　｛空を飛ぶ。（「を」は通過点を示す）
　　　　｛空で飛ぶ。（「で」は空の中の一定の範囲内で継続飛行する場所を示す）

　　　　｛庭に木を植える。（「に」は木を植える場所を指定）
　　　　｛庭で木を植える。（「で」は木を植える作業をする場所を指定）

⑤　「で」助詞が動作主と動詞を関係づける

で行く（一人）　　で遊ぶ（二人）　　で決める（みんな）　　で歌う（全員）　　で行動する（チーム）　　で旅行する（団体）　　で組み立てる（数人）　　で作業する（グループ）

⑥　「で」助詞が時と動詞を関係づける

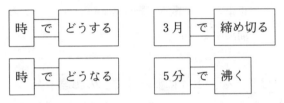

で締め切る（午前中）　　で打ち切る（今月）　　で辞める（1年）　　で直す（2週間）　　で完成させる（半年）　　で回復する（3ヶ月）　　で散る（三日）　　で治る（1ヶ月）　　で乾く（半日）　　で沸く（5分）　　で煮える（5分）

「時にどうする（時にどうなる）」と「時でどうする（時でどうなる）」

「に」がどうするのは何時か、どうなるのは何時か、と動作・作用の行われる「時」を指定するのに対し、「で」はどうするのはいつまでか、どうなるのはいつまでか、と動作・作用の行われる「時」がいつまでかを限定する働きがある。

　　来週で打ち切る　　　1ヶ月で辞める　　　午前中で閉店する

(5)　とどうする文（とどうなる文）

「〜は（が）〜」の基本文に「何と」「だれと」の言葉を加える。

　　花子は（が）言う。──→花子は（が）いやだと言う。

　　花子は（が）旅行する。──→花子は（が）友達と旅行する。

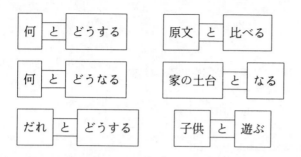

A　何とどうする文（何とどうなる文）

   ① 「と」助詞が共存・対面的動作・作用の対象と動詞を関係づける

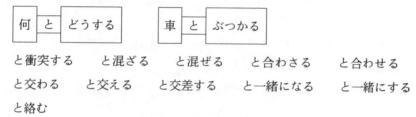

と衝突する　　と混ざる　　と混ぜる　　と合わさる　　と合わせる

と交わる　　と交える　　と交差する　　と一緒になる　　と一緒にする

と絡む

格助詞の「と」と接続助詞の「と」の扱い

「バスがトラックと衝突する」「国道と県道が交わる」など「～と共に・～と相対して」のような意味で使われる「と」は格助詞の扱い。

「りんごとみかんとぶどうを買う」のように体言と体言を接続する働きをして並立の意味を表す場合の「と」は接続助詞扱い。

   ② 「と」助詞が比較の対象と動詞を関係づける

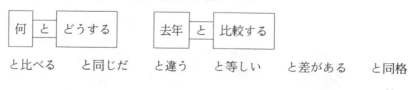

と比べる　　と同じだ　　と違う　　と等しい　　と差がある　　と同格

だ　　と異なる　　と区別する

③　「と」助詞が変化の結果と動詞を関係づける

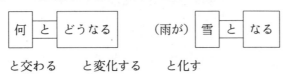

と交わる　　　と変化する　　と化す

「～となる」と「～になる」の相違

> 2に3をたすと5<u>と</u>なる。
> 2に3をたすと5<u>に</u>なる。

「～となる」も「～になる」も変化の結果を表す点で共通性がある。しかし、それぞれの用法には微妙な違いがある。

「～となる」は「と」より前に重点が置かれ、その結果を受け止めて「～となる」の形をとる。これは「～と言う」「～と思う」「～と決める」「～と定める」のような「と」の引用・指定の用法と通じるものがある。

　これに対して、「～になる」は「春になる」「雪になる」「水になる」「中止になる」がそれぞれ前の言葉と一体となって自然にその状態に達する意を表す。「に」が帰着点（到達点）を表す用法と通じるものがある。

　このことは、副詞の用法と照らし合わせてみるとはっきりする。

> びりびりと破く。（現在、音を立てて紙を破いているようす）
> びりびりに破く。（すでに破かれている状態を表す）

> ぎゅうぎゅうと詰める。（詰めるときの動作に力の入るようす）
> ぎゅうぎゅうに詰める。（詰めたあとの箱や容器の中がいっぱいになるようす）

④ 「と」助詞が引用文と動詞を関係づける

と言う　　と話す　　と呼ぶ　　と思う　　と考える　　と願う　　と祈る　　と祝う　　と聞く　　と尋ねる　　と合図する　　と反対する　　と書く　　と伝える　　と誘う　　と希望する　　と断る　　と感じる

⑤ 「と」助詞が指定する内容と動詞を関係づける

と定まる　　と決まる　　と決める　　と名づける　　と命名する　　と称する　　と指定する　　とする

B　だれとどうする文

① 共同の相手と動詞を関係づける

と遊ぶ　　と食事する　　と外出する　　と練習する　　と組む　　と掃除する　　と仕事する　　と入浴する　　と歌う　　と作る

② 対面の相手と動詞を関係づける

と出会う　　と対面する　　と試合する　　と戦う　　と対抗する　　と

見合いする　　と対立する　　とぶつかる　　と売買する

相手に働きかける「に」と対等な「と」

「母に相談する」は自分の方から母に働きかけて相談する意を表す。「母と相談する」は「母と一緒に」と共同の意にもとれるが、「母と向きあって」「母と相対して」の対面の意にもとれる。「友達と話す」も共同の意にも対面の意にも解釈できる。このような場合は、何が何でも両者を区別する必要はない。それよりも、「に」助詞が一方からの働きかけを表し、「と」助詞が対等な働きかけを表す点に注意したい。

(6)　からどうする文（からどうなる文）

「〜は（が）〜」の基本文に「何から」「どこから」「だれから」「いつから」の言葉を加える。

太郎は（が）作る。──→太郎は（が）大豆から作る。

　　──→太郎は（が）大豆から豆腐を作る。

太郎は（が）帰る。──→太郎は（が）外国から帰る。

　　──→太郎は（が）外国から日本に帰る。

太郎は（が）もらう。──→太郎は（が）友達からもらう。

　　──→太郎は（が）友達から本をもらう。

太郎は（が）掃除する。──→太郎は（が）朝から掃除する。

　　──→太郎は（が）朝から部屋を掃除する。

──→ぼくは英語を文法から勉強する。

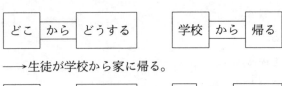

——→生徒が学校から家に帰る。

——→言葉は都から地方へ広まる。

——→用件はぼくから友達に話す。

——→太郎は３月から仕事を始める。

——→川は昔から海へ流れる。

A　何からどうする文

① 助詞の「から」が、原料・材料と動詞を関係づける

から作る　　から取る　　から採る　　から搾る　　からできている

から成る

原料・材料を表す「から」と「で」

ビールは麦から作る。

43

菜種から（油を）取る。

絹糸は繭から採る。

大豆から（油）を搾る。

半田は錫と鉛からできている。

水は酸素と水素から成る。

「から」は、元になる原料・材料があって、それを変化させて新しいものを生み出す起点を表す。

セーターを毛糸で編む。

屋根を瓦で葺く。

飛行機を紙で作る。

家を木で建てる。

「で」は材料となる物質そのものは変化させないで、それを利用して役に立つようにするための材料を表す。

  ②　助詞の「から」が起点と動詞を関係づける

   a　数量の起点と動詞の関係づけ

 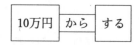

からする　　　からかかる　　　からできる　　　から受け付ける　　　から承る

からある

  △この洋服は10万円からする。

  △今年の冬は寒いので、ガス代も1ヶ月2万円からかかる。

  △貯金は1000円から受け付ける。

  △募金は1万円から受け付ける。

  △配達は3人前から承ります。

△兄は背の高さが２メートルからある。

b　開始の起点と動詞の関係づけ

から勉強する　　から練習する　　から出す　　から書く　　から漬ける
から洗う

　　△語学は英語から始める。

　　△算数は足し算から勉強する。

　　△アナウンサーは発声から練習する。

　　△フランス料理はスープから順に出す。

　　△手紙は時候の挨拶から書く。

　　△ぬか味噌はきゅうりから漬ける。

　　△食器は皿から洗う。

c　原因・理由の起点と動詞の関係

からなる　　から起きる　　から進む　　から招く　　から続く

　　△地震から津波が生じる。

　　△ちょっとした油断から事故になる。

　　△たばこの不始末から火災が起きる。

　　△地球の温暖化から地盤沈下が進む。

　　△不注意から誤解を招く。

　　△睡眠不足から仕事のミスが続く。

B どこからどうする文 (どこからどうなる文)

① 助詞の「から」が場所・方向の起点と動詞を関係づける

から通う（家）　　から帰る（外国）　　から登る（麓）　　から降りる
（２階）　　から出る（風呂）　　から見る（屋上）　　から乗る（東京駅）
から入る（玄関）　　から昇る（東）　　から来る（前方）　　から落ちる
（木）　　から買う（店）

C だれからどうする文

① 助詞の「から」が人の起点と動詞を関係づける

　　a　相対する人の起点と動詞の関係づけ

からいただく（社長）　　からあげる（ぼく）　　から差し上げる（私）
から買う（商人）　　から引き継ぐ（先輩）　　から教わる（先生）　　か
ら聞く（祖母）　　から話す（自分）　　から渡す（母）　　から借りる
（姉）　　から贈る（卒業生）

　　b　だれからという順序の起点と動詞の関係づけ

から歌う（女性）　　から座る（幼児）　　から並ぶ（役員）　　から走る（下級生）　　から観る（小学生）　　から降りる（年寄り）　　から乗る（機長）　　から踊る（師匠）

D　時からどうする文

① 助詞の「から」が時の起点と動詞を関係づける

から開店する（8時）　　から支払う（4月）　　から練習する（朝）から放映する（来週）　　から飲む（昼）　　から入居する（明日）　　から働く（今月）　　から続く（平安時代）　　から伝わる（昔）　　から降る（夜中）　　から発足する（来春）　　から始まる（来月）

場所の起点を表す「を」と「から」

「を」と「から」は移動する場所の起点を表す点で共通の働きがある。しかし「を」を使った場合と「から」を使った場合では、移動の仕方に相違が生じる。

　　　家を出る。　　　　車を降りる。
　　　家から出る。　　　車から降りる。

　これだけの例からだと、「を」も「から」も同じ働きにみえる。もう少し長い文を見てみよう。

　　　家を出て買い物に行った。（○）
　　　家から出て買い物に行った。（×）

　　　　今春、大学を出て就職した。（○）
　　　　今春、大学から出て就職した。（×）

　これらの例をみると、「買い物に行く」「就職する」という目的に向かって移動する出発点を表す場合は「を」を使い、「から」は適さないことがわかる。

　　　　学校を卒業する。（○）
　　　　学校から卒業する。（×）
　　　　会社を辞める。（○）
　　　　会社から辞める。（×）

　このように、何かの目的を果たした場合も「を」を使い、「から」は使わない。また

　　　崖から落ちる　　田舎から届く　　空から降る　　地下から湧き出る

　　　枝先から咲く　　根元から枯れる　　西から晴れる　　東から昇る

　のように、意志を伴わない、単なる身の移動や物体が移動するときの場所の起点は「から」で表す。これを「を」に置きかえることはできない。

　以上のように、「を」と「から」の用法には違いのあることがわかった。しかし、言葉は時代によって揺れがあり、数学のように正確な答えが存在するわけではない。多くの場合、「を」と「から」の用法には、はっきりした区別が見られるが、ときには区別のはっきりしない場合もある。たとえば、「舞台を降りる」といえば、芸能生活を辞めることを表し、「舞台から降りる」といえば、舞台から客席あるいは舞台裏に身を移動することを表す。といっても、実際には「舞台を降りる」を身を移動するだけの意に使うこともあれば、「舞台から降りる」を芸能生活を辞める意に使うこともある。その場合は前後の文脈によって判断する。

「てから」について

「帰ってから」「掃除してから」の「から」は格助詞ですか、という質問をよく

受ける。

　　　勉強して<u>から</u>遊ぶ。

　　　夜が明け<u>てから</u>畑に行く。

　　　おふろに入っ<u>てから</u>寝る。

「てから」は「〜をしたのち」「〜をしたあとで」という意味で前文と後文をつないでいる。「勉強する」の文と「遊ぶ」の文を接続している。「夜が明ける」と「寝る」の文をつなぐ、「おふろに入る」と「寝る」の文を接続する働きをしている。すべて、「〜した後で」の意で、文と文をつなぐ役目をしている。してみれば、「てから」は完了の起点を表す接続助詞と考えることができる。

　古典語で完了を表す「つ」という助動詞がある。「て・て・つ・つる・つれ・てよ」と活用する。二つの助動詞の連用形「て」に起点を表す格助詞の「から」が融合して、「てから」で一語の接続助詞に転用されたと考える。

　　┌─────────┐
　　│ 〜から〜まで │
　　└─────────┘

「から」は、また「〜から〜まで」の形で使うことも多い。

　　　東京<u>から</u>大阪<u>まで</u>何時間かかりますか。

　　　午前 8 時<u>から</u>午後 5 時<u>まで</u>営業いたします。

　　　子供<u>から</u>大人<u>まで</u>たくさんの人が集まった。

　　　作詩・作曲<u>から</u>歌・演奏にいたる<u>まで</u>多方面にわたって活躍する。

(7) よりどうする文（よりどうなる文）
　　よりどんなだ文　　　より何だ文

A 「より」が動作・作用の行われる時・場所・方向・人の起点と動詞
　　を関係づける

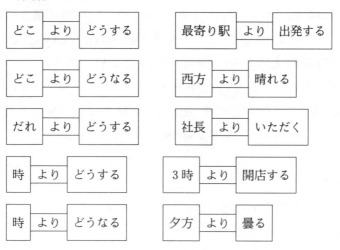

| どこ | より | どうする |
| 最寄り駅 | より | 出発する |

| どこ | より | どうなる |
| 西方 | より | 晴れる |

| だれ | より | どうする |
| 社長 | より | いただく |

| 時 | より | どうする |
| 3時 | より | 開店する |

| 時 | より | どうなる |
| 夕方 | より | 曇る |

格助詞「より」と「から」の推移

　格助詞の「より」は、奈良時代から使われ、広い範囲の用法をもっていた。ところが、動作の起点や経由する場所を示す用法は、やはり奈良時代から用例の見られる「から」と重なって使われていた。平安時代になると、「より」がもっぱら使われ、「から」は影をひそめていた。室町時代になって「から」は口語の世界でふたたび姿をあらわし、現代語の「から」へと引き継がれてきた。現代は「から」が主流で、話し言葉の上でも書き言葉の上でも「から」を使っている。平安以来、文章語として使われてきた「より」は、現代も日常の談話語ではほと

んど使われない。「より」は文章語や慣用的な言い回しの中に今もわずかに生き
延びている。

　　電車が参ります。あぶないので、白線<u>より</u>さがってお待ちください。

　　前列<u>より</u>順に中にお入りください。

　　御注文は5000円<u>より</u>承ります。

　また、看板や掲示板・広告・手紙などで、文末の述語を略して使うときには
「より」も使用されている。

　　東京駅より徒歩10分

　　受験資格は満18歳より

　　太郎へ……母より

　　開演は午前10時より

　　お食事は5000円より

B　「より」が限定の内容と述語を関係づける

①　　　

　　　△あきらめる<u>より</u>仕方がない。

　　　△寝る<u>より</u>他にやることがない。

　　　△食べる<u>より</u>ほかに興味が湧かない。

　　　△手術する<u>より</u>方法がない。

②　　　

　　　△頼りになるのはあなた<u>より</u>ほかにいない。

　　　△何んでも相談できるのはお母さん<u>より</u>ほかにだれもいない。

③
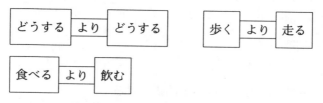

△働くこと<u>より</u>ほかに趣味がない。

△水<u>より</u>ほかに飲み物の用意がない。

△自転車<u>より</u>ほかに乗り物がない。

C 「より」が比較の基準と述語を関係づける（この用法は「から」では代用できない）

① 述語が動詞の場合

 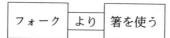

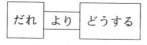

△親父たちは花見する<u>より</u>酒を飲む。

△人に聞く<u>より</u>自分で調べる。

| 何 | より | どうする | | フォーク | より | 箸を使う |

△朝食はパン<u>より</u>御飯を食べる。

△現代人は下駄<u>より</u>靴を履く。

△かつお<u>より</u>昆布で出しをとる。

| だれ | より | どうする | | 親 | より | 可愛いがる |

△母は子供<u>より</u>早く起きる。

△鯉は人間<u>より</u>長生きする。

△太郎は相撲取り<u>より</u>いっぱい食べる。

△太郎は春<u>より</u>秋を好む。

△病状が昨日<u>より</u>悪化した。

△昭和<u>より</u>平成になって、大型車が激増した。

② 述語が形容詞（イ形容詞）・形容動詞（ナ形容詞）の場合

　述語が形容詞・形容動詞の場合は、「よりどうする文」ではなく、「よりどんなだ文」の形をとる。してみると、動詞述語文（どうする文）のところで形容詞述語文（どんなだ文）を取り上げるのは変かもしれない。しかし、同じ比較の基準を示す働きをする一つの助詞を別々に切り離して扱うとわかりにくくなるのでここで一括して取り扱うことにした。

△航空便は船便<u>より</u>速い。

△太陽はどんな光<u>より</u>も明るい。

△わたしは肉<u>より</u>魚が好きだ。

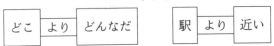

△北海道は四国<u>より</u>広い。

△母の愛は海<u>より</u>深い。

△田舎は東京<u>より</u>静かだ。

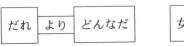

△年寄りは若者より動作がのろい。

△子供は大人より可愛い。

△弟は兄より気短だ。

 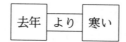

△今日は野菜が昨日より高い。

△今年の梅雨は去年より長い。

△最近は冬も昔より暖かだ。

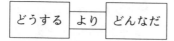 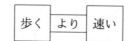

△魚は煮るより生がおいしい。

△日本語は話すより書くのが難しい。

△車は便利だが歩くより危険だ。

△太陽の光は強烈すぎて、明るいよりまぶしい。

△最近の空は排気ガスのせいか、青いより青白い。

△ヴァイオリンの音色はさびしいより物悲しく情緒的だ。

③　述語の名詞＋だの場合

　名詞が述語の「よりなんだ文」も動詞述語文（どうする文）ではないが、「よりどんなだ文」と同様に「より」が比較の基準と述語を関係づける文なので、ここで一緒に取り扱うことにする。

──→食いしん坊の太郎には花より団子だ。

△色気より食い気だ。

△風呂より飯だ。

△冬はかき氷よりおでんだ。

△最近のテレビタレントは演技よりルックスだ。

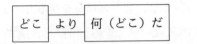

──→体が浮き易いのは川より海だ。

△見晴らしのいいのは平地より丘の上だ。

△同じ都でも、歴史の古さでは東京より京都だ。

△しだ植物が生育するのは、日の当たる場所より湿地帯だ。

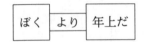

──→太郎はぼくより年上だ。

△社長は平社員より金持ちだ。

△昔の人は現代人より働き者だ。

△花子は女優より美人だ。

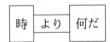
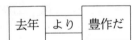

──→米は去年より豊作だ。

△桜の開花は春分より後だ。

△海は昨日より大荒れだ。

△光熱費のかからないのはやっぱり冬より夏だ。

〔2〕 格助詞「の」の働き

格助詞は主に体言と用言を関係づけ、動詞述語文を作る働きをする。その中で「の」は主として体言と体言を関係づける役をし、動詞述語文を作る力はない。述語に動詞を使う場合は名詞句の中だけで、「花の咲く季節」「首の長い動物」のように、文中の主語と述語の関係を示すときに限られる。

(1) 「体言」の「体言」

a　存在する場所と存在するものとの関係づけ

京都の寺　　横浜の外人墓地　　山の湖　　野の花　　海の魚　　池の鯉
森の動物　　東京の叔母　　九州の友達　　島の住民

「どこの」は、あとの体言がどこにあるのか、どこにいるのかを詳しく説明する役目をしている。「どこの」があとの体言を修飾する働きを示す。

b　方向とその方向に位置するものとの関係づけ

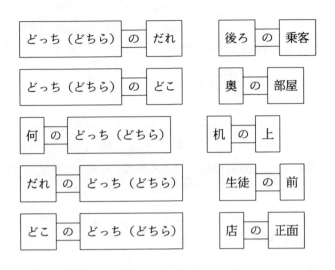

どっち（どちら）	の	だれ

後ろ	の	乗客

どっち（どちら）	の	どこ

奥	の	部屋

何	の	どっち（どちら）

机	の	上

だれ	の	どっち（どちら）

生徒	の	前

どこ	の	どっち（どちら）

店	の	正面

右の手　　左の席　　斜め前の人　　川向こうのおばあさん　　南の島

裏の公園　　床の下　　玄関の脇　　通行人の前方　　彼の横　　山の端

丘の上

---

c　所有する主と所有するものとの関係づけ

① 所有の主が人間と神仏の場合

だれ	の	何

子供	の	顔

仏の御胸　　神の御手　　父の背中　　赤ちゃんの歯　　孫の目　　客の

荷物　　姉の服　　弟の本　　長男の机

② 所有の主が人間以外の生き物の場合

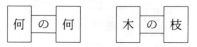

木の葉	草の茎	菊の花	栗の実	西瓜の種	犬のしっぽ

うさぎの耳　　鳥の羽　　魚のひれ　　きりんの首　　ダックの足　　牛
の角

③ 所有主が無生物の場合

時計の針　　傘の柄　　太陽の黒点　　飛行機の翼　　店の看板　　柱の
きず　　ベルトの穴　　トラックの車輪　　着物の袖　　机の脚　　玄関
の戸

d　動作・作用の主とその動作・作用の関係づけ

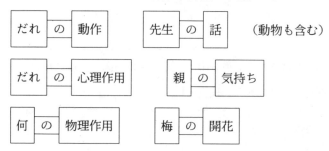

子供の遊び　　女性の歌声　　猿の木登り　　蟻の行列　　少年の夢
父の考え　　朝顔の発芽　　いちょうの落葉　　細胞の分裂　　地盤の沈
下　　峰の嵐

e　目的とその目的のための動作との関係づけ

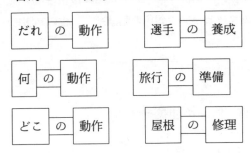

病人の世話　　老人の介護　　子供の教育　　食事の用意　　犬の飼育
樹木の剪定　　山林の植樹　　道路の補修工事　　部屋の換気

f　材料とその材料を利用したものとの関係づけ

ガラスの器　　牛革の靴　　木造の家　　赤外線のカメラ　　野菜の天ぷら

ビニールの袋　　羊毛のふとん　　紙の飛行機　　麦わらの屋根　　金の冠

g　色とその色をしているものとの関係づけ

何色 の もの　　　金色 の 糸

真紅の花　　七色の虹　　紺碧の空　　白黒のテレビ　　茶色の上着　　緑
の森　　紫のセーター　　ピンクの肌　　オレンジ色の建物　　グリーンの
車　　黄色の表紙　　褐色のコーヒー　　銀色の刺繍糸　　紺の制服　　灰
色の街

h　時と人・場所・物・事・時との関係づけ

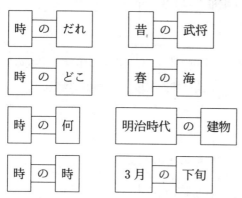

時 の だれ　　　昔 の 武将

時 の どこ　　　春 の 海

時 の 何　　　明治時代 の 建物

時 の 時　　　3月 の 下旬

現代の若者　　過去の人　　学生時代の友達　　冬の湖　　戦前の東京
　5月の富士山　　朝の紅茶　　3時のおやつ　　昔の乗り物　　今週の予

定　　夏の思い出　　明日の天気　　将来の夢　　来週の休日　　昨日の
午後　　去年の暮れ

i　数量と数量の表す内容との関係づけ

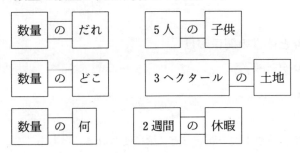

大勢の学生　　2頭の牛　　数匹の魚　　8畳の和室　　全長2キロの川
標高2000メートルの山　　満員の観客　　多数の意見　　高額の貯金

j　資格とその資格をもつものとの関係づけ

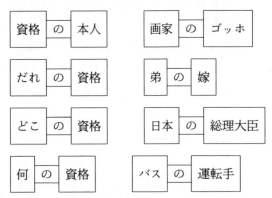

発明王のエジソン　　担任の先生　　医者の息子　　娘の父親　　学校の
事務員　　料理の鉄人　　歯の技工士　　都の職員　　長野の県知事
踊りの師匠

k　形容詞の語幹と体言の関係づけ

なつかしのメロディー

いとしの我が君

うるわしの乙女

これらは古い用法で、詩や小説の題名などに稀に使われることもあるが、日常
会話ではほとんど使われていない。ただ「なつかしのメロディー」は放送番組の
中で今でも使われている。

l　体言と形式体言「よう（様）」との関係づけ

① 比喩を表す場合

蛇のように長い行列　　あの雲はくじらのようだ　　もみじのような小さ
い手　　歩くのが遅くて牛のようね　　雪のように白い肌　　太陽のよう
に明るい性質

② 例示を表す場合

父のように強くなりたい　鯵や鰯のような青魚　がんのような不治の
病気　コップのようにガラスで出来ている容器

③ 様態の推定を表す場合

どうやら閉店のようだ　彼は睡眠不足のようだ　二人はどうも双子の
ようだ　食堂は満員のようだ　この揺れは地震のようだ

「ようだ」（形式体言「よう」＋断定の助動詞「だ」）の扱い

「ようだ」を一語の助動詞と考える学者も多いが、わたくしは次のような理由か
ら「よう（様）」は形式体言、そこに断定の助動詞「だ」の加わった形と考える。
　現代語の「ようだ」は古典語の「やうなり」で、「やうなり」は体言「やう
（様）」に断定の助動詞「なり」が接続した連語である。だから「ようだ」も一語
の連語と見なして助動詞ととることもできる。しかし、それならば「ようだ」は
常に一語として扱われなければならない。にもかかわらず、

この家、留守のようね。

　これは、「ようだ」の「だ」は切り捨てられ、「よう」だけが使われている。

　　たて板に水を流すように話す。

　　この問題は簡単なようで難しい。

　これらの文の「流す」「簡単な」は連体形で、「よう」は連体形を承けている。連体形を承ける語は体言である。

　　このようにおいしいものばかり食べていられるなんて幸せだね。

　　そのような怖い顔をしないでよ。

「この」「その」は連体詞である。「よう」は連体詞を承けている。連体詞を承ける語は体言である。

　　りんごのようなほっぺ

　　今年のように雨の少ない梅雨は珍しい。

　　あの家は留守のようだ

　これらは「よう」が助詞の「の」を承けている。「の」助詞は体言と体言を関係づけるのが主な役目である。更に、「ようだ」を一語の助動詞と考えると

と図式化することになり、「留守の」が事柄で「ようだ（様子だ）」が話し手の判断ということになる。「様子」は話す事柄・状態に属するもので、話し手の気持や考えではない。「ようだ」を一語にとるには不自然である。

　　留守 ― の ― よう ― だ

これは、「留守のよう」が事柄で「だ」が話し手の肯定判断を表している。

　①　「よう」は連体詞「この・その・あの・どの」を承ける。

　②　「よう」は活用語の連体形を承ける。

64

③ 「よう」は「の」助詞を承ける。

④ 「よう」だけで独立して使われ、「だ」を切り離して使うことがある。

⑤ 図式化したときに「事柄」と「話し手の判断」の関係が自然である。

以上のような理由から、「ようだ」は形式体言「よう（様）」に断定の助動詞「だ」の加わった形と考える。

(2) 「助詞」の「体言」

から	学校からの連絡　郷里からの荷物
で	家での姿　会社での役割
へ	仲間への呼びかけ　事件解明への手がかり
と	運命との出会い　病気との闘い
きり	たったこれっきりの事で怒るな
だけ	家庭だけの問題ではない
まで	駅までの距離
ばかり	２年ばかりの滞在
ほど	それほどのことで心配しなくていいよ
くらい	このくらいの大きさ
ぐらい	握りこぶしぐらいの大きさ
など	りんご・みかん・バナナなどの果物
なり	子供なりの考え
か	だれかの手　どこかの家
やら	鮒やら鯉やらの川魚
とか	新宿とか渋谷とかの繁華街
ば	あした晴れればの話だが
と	糖尿病は減食との戦い

ながら	食事をしながらの会談
たり	歌ったり踊ったりの大騒ぎ
て	命あっての物種

「の」助詞は主に体言と体言の関係づけをする。が、ときにはいろいろな助詞を承ける用法がある。しかし、これらの助詞の中には体言から転化したものが少なくない。

　たとえば、「から」の語源は、理由という意・間と同義・彼在の義・元は自然のつながりを意味した親族を表す言葉であったとする説などいろいろあるが、いずれも本来は体言から発したものと考えられている。

「へ」は「あたり」の意を表す体言「辺」から助詞に転化した。

「きり」は際限の意の「きり」と同源で、動詞「きる（限る）」の名詞的用法から助詞に転じた。

「だけ」は名詞「丈」から転じた。

「まで」は「的」と同義で目的地に達す意。

「ばかり」は「はかる（量る）」の名詞形「はかり」が形式化した語。

「ほど」は「程度」の意の名詞から助詞化した。

「くらい」は名詞「位」から転じた。

「ながら」は助詞ナと名詞カラ（柄）との複合。「ナ」はもと助詞の「の」がのちの「から」の影響でア列音に転じたと考える説あり。

　このように、「の」助詞が助詞を承ける場合、体言から転化したものが多い。

(3)　「副詞」の「体言」

あいにくの雨	いきなりの電話	およその見当	かなりの人出
かねての約束	さっそくの注文	さほどの重傷	しばらくの間

> 少しの食量　　たってのお願い　　たびたびの訪問　　ちょっとの音
> ひさしぶりの大雪　　まったくの作り話　　まるきりの素人　　よほどの
> 金持ち

　このように「の」助詞が副詞を承ける例もあるが、あらゆる体言を承けること
のできる用法に比べて、その数は非常に少ない。ここに挙げたものは全てではな
いが、どうして一部の副詞だけを承けるのか、今のところ私にはよく分からない。

(4)　「体言」の「用言」の「体言」

> 海の見える丘　　雨の多い年　　絵の上手な少年　　星の降る夜　　天気
> のよい日　　歯の丈夫な人　　操作の簡単な機械　　苔の生えている寺
> 気の長い話　　言動の立派な政治家　　夜の明ける寸前　　頭の痛い話
> ミネラルの多い野菜

　この場合の用言は文中の述語で、「体言の用言」がひとつになって次の体言を
修飾している。「海の見える丘」は「海の見える」が「丘」を修飾している。し
たがって、この用法も「の」助詞が体言と体言を関係づける役目をしていると言
える。

助詞の「の」とは違う形式名詞の「の」

　　　この本は私のです。

この場合の「の」は「本」の代用をしている。

　　　コーヒーは熱いのと冷たいのとどちらが好きですか。

この場合の「の」は「コーヒー」の代用をしている。このように名詞の代用を

67

する「の」を一般に形式名詞と呼んでいる。

　形式名詞とは、名詞としての実質的な意味がうすれ、もとの意味が転じて形式的に使われるようになった名詞を言う。たとえば

　　　時は金なり。

この場合の「時」は「時間」という本来の意味で使っている。ところが

　　　汗をかいたときは水が飲みたくなる。

この場合の「とき」は「場合」の意味で使われ、「時間」の意味は失われている。

　　　⎰ ためになる話（普通名詞）（利益）
　　　⎱ 黙っていたために誤解されてしまった（形式名詞）（原因・理由）
　　　⎰ 所変われば品変わる。（普通名詞）（場所）
　　　⎱ たった今、起きたところだ（形式名詞）（状態）
　　　⎰ ことは重大である。（普通名詞）（事件）
　　　⎱ そんなに心配することはない。（内容）

この他、形式名詞と呼んでいるものに、「わけ」「さま」「ところ」「はず」「ほう」「もの」「とおり」「つもり」などがある。「の」は更にこれらの形式名詞の代用をする。

　① 「こと」の代用

　　　弟は絵を描くのが好きです。

　　　外国語を理解するのは難しい。

　② 「ため」の代用

　　　完成するのに3年はかかる。

　　　アメリカへ行くのにはどのくらいの費用が要りますか。

　③ 「わけ」の代用

　　　どうして行かないのですか。

お腹がすいた<u>の</u>です。

④　「とき」の代用

　　海へ行った<u>の</u>はいつですか。

　　一年中で一番夜の短い<u>の</u>は夏至だ。

⑤　「つもり」の代用

　　いつ出かける<u>の</u>ですか。

　　何時に寝る<u>の</u>ですか。

⑥　「さま（様）」の代用

　　船が出帆する<u>の</u>を見ていた。

　　さっき出かけていく<u>の</u>を見かけたよ。

⑦　「もの」の代用

　　この傘はだれ<u>の</u>ですか。

　　それは私<u>の</u>です。

　形式名詞はその言葉だけでは意味がはっきりつかめず、独立して使うことはできない。前に修飾語を伴って、はじめて働きを示す。「この本は私のです」の「の」は準体助詞の名で格助詞に扱っている文法書もある。しかし、格助詞は語と語の関係づけをするのが役目である。「の」は名詞の代用をし、語と語を関係づけてはいない。本来の意味は失っていても文法の上では名詞の働きをしている。したがって、「この本は私のです」の「の」は形式名詞として扱うべきだと思う。

　蛇足かもしれないが、ある日本語教育の教材に「こと」に置きかえることのできる「の」と置きかえることのできない「の」を区別する問題が出されていた。解答はなかったので私なりの考えを述べてみる。

「こと」に置きかえられる例

　　　食べる<u>の</u>が楽しみだ。

　　　食べる<u>の</u>を楽しみにしている。

　　　考える<u>の</u>は止めました。

　　　考える<u>の</u>を止めました。

　　　電話する<u>の</u>を忘れてしまった。

「こと」に置きかえられない例

　　　夕日が沈む<u>の</u>をじっと見ていた。

　　　お湯が沸く<u>の</u>を待っていた。

　　　雷の鳴る<u>の</u>が聞こえる。

　　　ボールが飛んでくる<u>の</u>をよけた。

　　　ドアの閉まる<u>の</u>を押さえる。

　客観的に事柄として取り上げることのできる場合は「こと」に置きかえることができる。「こと」に置きかえられない文は、すべて描写文・現象文である。動作・作用が実際に行われている場合は、それを事柄として取り立てることはできない。この場合の「の」は、⑥の「さま」（様）の代用と同じ扱いで、様子や状態の意を表す。

　ちなみに、「形式名詞」は松下大三郎の命名で、吉沢吉則は不完全名詞・佐久間鼎は名詞的な吸着語と呼んだ。今日、多くの文法書が形式名詞の呼び方を採用している。だから、私も、この広く一般に通用している「形式名詞」の呼び方に従った。（「形式名詞」と呼ばないで、「準体助詞」の名を使う学者もいる。）

〔3〕 格助詞「が」の働き

格助詞は、「の」が主に体言と体言を関係づけ、その他の助詞は主に体言と用言を関係づける働きをしている。ところが、格助詞の中でも「が」だけは、体言と体言も関係づければ、体言と用言も関係づけ、あらゆる短文を作るときの語と語を関係づける役目をしている。だから「が」は他の格助詞と別扱いにした。

(1) 体言がどうする文

a 「が」助詞が主語と動詞を関係づける

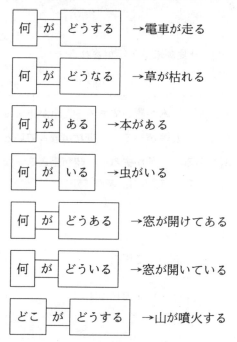

何 が どうする →電車が走る

何 が どうなる →草が枯れる

何 が ある →本がある

何 が いる →虫がいる

何 が どうある →窓が開けてある

何 が どういる →窓が開いている

どこ が どうする →山が噴火する

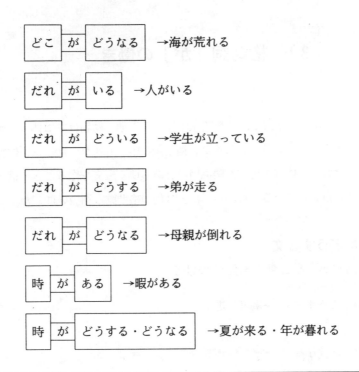

どこ	が	どうなる	→海が荒れる
だれ	が	いる	→人がいる
だれ	が	どういる	→学生が立っている
だれ	が	どうする	→弟が走る
だれ	が	どうなる	→母親が倒れる
時	が	ある	→暇がある
時	が	どうする・どうなる	→夏が来る・年が暮れる

手が動く　空が晴れる　家がある　本が置いてある　車が止まっている　空が光る　山が崩れる　友達がいる　少女が歌っている　子供が遊ぶ　祖母が死ぬ　暇がある　冬が去る　時が過ぎる

b　「が」助詞が対象と動詞を関係づける

①　「が」の後に主として可能を表す動詞がくる場合

| 体言 | が | 可能を表す動詞 |　　| 字 | が | 書ける |

本が読める	ピアノが弾ける	歴史がわかる	文法がわかる	英語ができる	練習ができる	海が見える	音が聞こえる

※ 実際の表示：

本が読める　　ピアノが弾ける　　歴史がわかる　　文法がわかる　　英語ができる　　練習ができる　　海が見える　　音が聞こえる

② 「が」助詞の後に形容詞（形容動詞）がくる場合

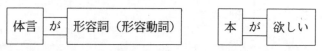

昔がなつかしい　　母が恋しい　　君が憎い　　りんごが好きだ　　スキーが得意だ　　ダンスが苦手だ　　天気が心配だ　　将来が不安だ　　映画が面白い

　これは、「どんなだ文」のところで扱うべきかもしれない。しかし、同じ対象を示す「が」助詞の用法を、一方は「どうする文」のところで、他方は「どんなだ文」のところで扱ったのでは理解しにくくなるので、ここでも取り上げた。

③ 「が」助詞が自発文の中で対象を示す場合

子供の頃が思い出される　　秋の気配が感じられる　　将来が案じられる　失敗が悔やまれる　　故郷が思われる

対象を示す「が」と「を」と「に」

「が」が対象を示す場合は、「が」の後に可能形・自発形・形容詞など、状態性

の言葉がくる。これに対して、「を」が対象を示す場合は、述語が動作性のもので、対象に対する働きかけを表す。「に」が対象を示す場合は、「対象に向かって」「対象の中に向かって」と広い意味での一種の方向性を表す。

$$
\left\{
\begin{array}{l}
\text{花が好きだ。}\\
\text{花を植える。}\\
\text{花に触れる。}
\end{array}
\right.
\qquad
\left\{
\begin{array}{l}
\text{車が見える。}\\
\text{車を運転する。}\\
\text{車に乗る。}
\end{array}
\right.
$$

(2) 体言がどんなだ文

a 「が」助詞が体言と形容詞（イ形容詞）を関係づける

　① 形容詞が主に具体的な状態や感覚を表す場合

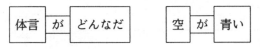

が赤い	が白い	が黒い	が大きい	が小さい	が高い	が低い
が安い	が広い	が狭い	が長い	が短い	が遠い	が近い
が太い	が細い	が重い	が軽い	が強い	が弱い	が鋭い
が鈍い	が良い	が悪い	が濃い	が薄い	が深い	が浅い
が多い	が少ない	が明るい	が暗い	が硬い	が軟らかい	が速い
が遅い	が丸い	が四角い	が暑い	が寒い	が熱い	が冷たい
が甘い	が辛い	が苦い	が渋い	がえぐい	が酢い	がうまい
がまずい	が臭い	が痛い	が煙たい	がおいしい	が涼しい	

② 形容詞が主に抽象的な状態や人の感情・人（物）の性質を表す場合

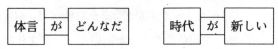

が正しい　が珍しい　が厳しい　が詳しい　が親しい　が激しい　が久しい　が険しい　が忙しい　が難しい　が夥しい　が悲しい　が嬉しい　が楽しい　が苦しい　が寂しい　が悔しい　が恋しい　がいとしい　が恥ずかしい　が煩わしい　が懐かしい　が美しい　が優しい　が愛らしい　が恐ろしい　が憎い　が怖い

b　「が」助詞が体言と形容動詞（ナ形容詞）を関係づける

① 形容動詞が「和語＋だ」の場合

が静かだ　がのどかだ　がかすかだ　が細かだ　が和やかだ　が明らかだ　が真っ黒だ　が真っ白だ　が真っ赤だ　が真っ青だ　が朗らかだ　が晴れやかだ　が緩やかだ　が暖かだ　が楽しげだ

② 形容動詞が「漢語＋だ」の場合

が妙だ　　が変だ　　が急だ　　が簡単だ　　が複雑だ　　が立派だ
が雄大だ　　が巨大だ　　が心配だ　　が不安だ　　が孤独だ　　が真剣
だ　　が静寂だ　　が新鮮だ　　が強烈だ　　が繊細だ　　が文化的だ
が積極的だ

③　形容動詞が「外来語＋だ」の場合

がフレッシュだ　　がロマンティックだ　　がシックだ　　がスマートだ
がグロッキーだ　　がモダンだ　　がリアルだ　　がリッチだ　　がデラ
ックスだ　　がチャーミングだ　　がラッキーだ　　がノーマルだ　　が
ショックだ

c　「が」助詞が対象と形容詞（形容動詞）を関係づける

昔がなつかしい　　母が恋しい　　君が憎い　　りんごが好きだ　　天気
が心配だ　　将来が不安だ　　結果が不満だ　　早起きが辛い

(3) 体言が体言

a 「体言が体言」が主語と述語の関係にある場合

これが本	それが本物	あしたが休み	ここが駅	母が看護婦
私が長女	実家が旅館	ぼくが担任	3月3日がひな祭り	7月
7日が七夕	きょうが誕生日	健康が宝		

　このような「体言が体言」の形は、主語と述語の関係にあるが、このままの形で文になることは少ない。この後に話し手（書き手）の気持ちや考えを表す助動詞、あるいは相手に話しかけるとき使う終助詞を付けて表す。

　　　これが本です。　　　それがボールペンだ。　　　あれが学校ね。

　　　ここが駅よ。　　そこが病院だよ。

　　　あしたが休みらしい。　　　きょうが休みですって。　　　きのうが休みさ。

　このような使い方が一般的であるが、ときには助動詞や終動詞を省略することもある。

　　　花子：「いつが休みなの？」

　　　太郎：「あしたが休み」

　また、「体言が体言」の形は見出しや標語・俳句や詩などではこのままの形で使っていることも多い。

77

b 「体言が体言」が修飾と被修飾の関係にある場合

君が代　　我が家　　我が社　　我が輩　　我が党　　我が物顔

　これらの用例は現代語には少ない。「が」は古く、体言と体言を結ぶのが主な役目だった。奈良時代の「万葉集」には、「わが君、おのが身、妹が名」「誰が恋、鶴が音、鳥が音、松が下……」のように体言と体言を関係づける働きを示す用例がたくさん見られる。このような「が」の連体格の用法は、現代では地名の中に数多く残っている。

　　　城が島　　自由が丘　　八が岳　　霧が峰　　関が原　　千鳥が淵　　霞
　　　が浦　　由比が浜　　剣が崎

　これらは、「城が島」「自由が丘」が、それぞれ一語として把握され、現代語としては、「城」＋「が」＋「島」のような分析意識はない。更に、古い言葉を伝えている詩や歌などの文章の中で

　　　松が枝　　わが師　　汝が友　　賤が屋　　誰がため　　君がみ胸

のように「が」が連体格として使われている例は現代でもたくさん見られる。

c 「体言が体言」が対象と述語の関係にある場合

歴史が専門　　旅行が楽しみ　　金が目的　　海外勤務が希望　　君が頼り

〔4〕 格助詞「が」と係助詞「は」

> 太郎が食べる。
> 太郎は食べる。

　この二つの文を比べると、「太郎が」も「太郎は」も共に主語を示し、同じような用法と考えられそうだ。それなのになぜ、「が」は格助詞、「は」は係助詞として扱うのか。それは連文節になったとき、働きの違いがはっきりする。

> 太郎が食べるときフォークを使う。（×）
> 太郎は食べるときフォークを使う。（○）

「が」は語と語の関係を示す格助詞なので、文の最後まで係っていく力はない。「が」は「太郎」と「食べる」だけを関係づけ、「フォークを使う」は別の事柄である。だから、「太郎が」の主語は、「使う」の述語までは関係なく、「太郎が」の主語だけで二つの事柄をまとめる文は成立しない。これに対して、「は」は連文節のときも、取り立てた事柄が文の終わりの陳述まで係っていく。「太郎は」で取り立てた事柄は「使う」まで係っていき、「は」は文全体を拘束する。ゆえに、「が」は語と語の関係づけをする「格助詞」、「は」は文の最後まで係っていく「係助詞」と呼ばれている。また「が」は未知（新しい情報）を示し、描写文（現象文）を、「は」は既知（古い情報）を示し判断文（説明文）を作る働きを受け持ち、それぞれの役目を二分している。

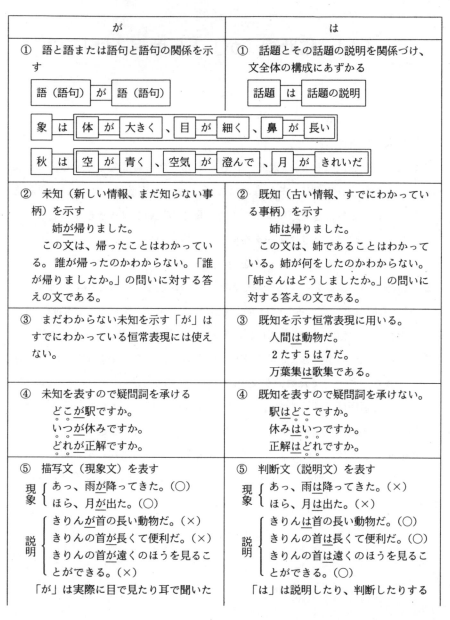

が	は
① 語と語または語句と語句の関係を示す 　語（語句）　が　語（語句） 　象　は　体　が　大きく　、目　が　細く　、鼻　が　長い 　秋　は　空　が　青く　、空気　が　澄んで　、月　が　きれいだ	① 話題とその話題の説明を関係づけ、文全体の構成にあずかる 　話題　は　話題の説明
② 未知（新しい情報、まだ知らない事柄）を示す 　姉が帰りました。 　この文は、帰ったことはわかっている。誰が帰ったのかわからない。「誰が帰りましたか。」の問いに対する答えの文である。	② 既知（古い情報、すでにわかっている事柄）を示す 　姉は帰りました。 　この文は、姉であることはわかっている。姉が何をしたのかわからない。「姉さんはどうしましたか。」の問いに対する答えの文である。
③ まだわからない未知を示す「が」はすでにわかっている恒常表現には使えない。	③ 既知を示す恒常表現に用いる。 　人間は動物だ。 　2たす5は7だ。 　万葉集は歌集である。
④ 未知を表すので疑問詞を承ける 　どこが駅ですか。 　いつが休みですか。 　どれが正解ですか。	④ 既知を表すので疑問詞を承けない。 　駅はどこですか。 　休みはいつですか。 　正解はどれですか。
⑤ 描写文（現象文）を表す 現象 { あっ、雨が降ってきた。（○） 　　　ほら、月が出た。（○） 説明 { きりんが首の長い動物だ。（×） 　　　きりんの首が長くて便利だ。（×） 　　　きりんの首が遠くのほうを見ることができる。（×） 　「が」は実際に目で見たり耳で聞いた	⑤ 判断文（説明文）を表す 現象 { あっ、雨は降ってきた。（×） 　　　ほら、月は出た。（×） 説明 { きりんは首の長い動物だ。（○） 　　　きりんの首は長くて便利だ。（○） 　　　きりんの首は遠くのほうを見ることができる。（○） 　「は」は説明したり、判断したりする

りする文のときに使う。	文のときに使う。
⑥　そのものだけを指示する 　　（かごに）りんご<u>が</u>いくつありますか。 　りんごだけがかごに入っている。また他のものが入っていてもりんご以外のものは意識しない。他は眼中にない。	⑥　他と判別する 　　（かごに）りんご<u>は</u>いくつありますか。 　りんごの他にもかごに何か入っている。その中から「りんご」だけを取りしている。つまり、他と判別している。
⑦　「が」は対比には使えない 　りんごとバナナ<u>が</u>どちらが好きですか。（×） 　たばこ<u>が</u>吸う<u>が</u>酒<u>が</u>飲まない。	⑦　対比を表す 　りんごとバナナ<u>は</u>どちらが好きですか。（○） 　たばこ<u>は</u>吸う<u>が</u>酒<u>は</u>飲まない。

　対比とは対立するものを比較することなので、「は」は逆接の条件句を表す文に用いることが多い。
　　魚<u>は</u>食べる<u>が</u>、肉<u>は</u>食べない。（この場合の「が」は接続助詞）
　　夜<u>は</u>静か<u>だけれど</u>、昼間<u>は</u>うるさい。
　　短距離<u>は</u>速い<u>のに</u>、長距離<u>は</u>苦手だ。
　　英語<u>は</u>話せ<u>ても</u>、フランス語<u>は</u>話せない。
　更に、連用中止法によって句と句を接続し、二つの事柄を対比する場合もある。
　　兄<u>は</u>音楽家で、弟<u>は</u>画家だ。
　　夏<u>は</u>暑く、冬<u>は</u>寒い。
　また、対比する事や物を言外に含ませて、はっきり示さない場合もある。
　　お肉<u>は</u>食べない。
　　学校で<u>は</u>おとなしい。
　これらの文は、「お肉は食べないが、ほかのものは食べる。」「学校ではおとなしいが、ほかの所ではおとなしくない。」といった内容を暗示している。更に一つの文中に話題の提示をする「は」と、対比を表す「は」を同時に使うこともある。
　　わたし<u>は</u>犬<u>は</u>嫌いだ。
　　きょう<u>は</u>、日中<u>は</u>暑かった<u>が</u>、夕方<u>は</u>涼しくなった。
「わたしは」「きょうは」の「は」は題目の提示で、あとの「は」は対比を表している。

⑧　「体言が体言」「体言が用言」が、それぞれ一語のように働いて形容語を作る。こ

れは格助詞「が」だけの用法で、「は」にはない。

> {
> あなたが主役の住まいです。（○）
> あなたは主役の住まいです。（×）
> }
> {
> わたしが作った料理です。（○）
> わたしは作った料理です。（×）
> }

あなたが主役　　　わたしが作った

「語」と「語」の関係づけをする格助詞の「が」は、前の語（あなたが、わたしが）と後の語（主役・作った）と一体となって形容語を作る働きをしている。「は」は文全体の題目を提示し、「あなたは」「わたしは」で一度お休みして息をつぐ。次の語と一体となって形容語を作る格助詞の働きはない。

---

⑨　存在文
「〜に〜がある」「〜に〜がいる」
「庭に石がある」「川に魚がいる」

⑨　存在文
「〜は〜にある」「〜は〜にいる」
「石は庭にある」「魚は川にいる」

　この構文は「は」と「が」を置きかえることもできる。しかし、日本語の自然な文型としては「〜に〜がある（いる）」「〜は〜にある（いる）」の方が一般的である。

---

⑩　質問文に対する答えの文が肯定文のときは「は」も「が」も使う。否定の答えは「は」で応じる。

> {
> 問い：「お休みはいつですか。」
> 答え：「休みは水曜日です。」
> 　　　　「水曜日が休みです。」
> }
> {
> 問い：「どこが出口ですか。」
> 答え：「出口はここです。」
> 　　　　「ここが出口です。」
> }

　これらの文は、休みの日も、出口の場所もあらかじめわかっている。ただ質問する人だけがそれを知らない。そういう場合は「は」でも「が」でも答えることができる。

> {
> 問い：「それは何ですか。」
> 答え：「これは鮪です。」
> }
> {
> 問い：「だれが行きますか。」
> 答え：「ぼくが行きます。」
> }

　これらの文は、答えが質問された本人しかわからない。前もって答えが決まっているわけではない。こういう場合は、「は」で示した疑問文（質問文）には「は」で答え、「が」で示した疑問文（質問文）には「が」で答える。

{ 問い：「まだ頭が痛いですか。」
　　　{ 答え：「いいえ、もう頭は痛くありません。」
　　　{ 問い：「食事はもう澄みましたか。」
　　　{ 答え：「いいえ、食事はまだしていません。」
　これらの文は答えが否定の場合である。質問に対する答えの否定は、判断を表す
「は」を使うのがふつうである。

〔5〕 自動詞と他動詞

「弟が走る」・「花が咲く」の「走る」や「咲く」は、他に働きかけることがなく、主語（弟・花）の動作・作用をその語だけで表すことができる。このようなものを自動詞という。

「鳥が巣を作る」・「子供が本を読む」の「作る」や「読む」は、主語の動作をその語だけで完全に表すことが難しく、「巣を」「本を」と動作の働きかける対象を示す語を必要とする。このようなものを他動詞という。

　自動詞・他動詞に関する研究は、江戸時代に本居春庭が「詞通路」のなかで自他の分類を試みたのがはじめてである。自動詞・他動詞という用語そのものを使い始めたのは、田中義廉の「小学日本文典」あたりからである。その後、大槻文彦・山田孝雄・松下大三郎……など大勢の学者によって自他についての研究がなされてきた。今日、自他の対立が活用の種類によるものとだけは分かっている。しかし、未だにはっきりした区別がなされていない。そこで私は「外国人のための基本語用例辞典」（文化庁　1971年刊）の中から、複合動詞を除いた基本的な動詞を取り出し、整理してみた。その結果、分かったことをまとめてみた。

　日本語の動詞は、自動詞と他動詞に対立がないもの、自動詞と他動詞が同じ形で意味の違うもの、自動詞と他動詞が活用の種類によって対立するものの三つに大きく分かれている。この中、自動詞と他動詞が対立するものに5種類ある。

1　活用語尾に自発・受身の助動詞と関係のある「る」を持つ自動詞が下一段活用の場合、活用語尾に使役の助動詞と関係のある「す」を持つ他動詞は五段活用である。

2 「る」語尾の助動詞が五段活用の場合、「す」語尾の他動詞も五段活用である。

3 自他ともに活用語尾に「る」を持つ。この場合の自動詞は五段活用、他動詞は下一段活用である。

4 活用語尾に「る」と「す」の対立がない動詞で、元の状態が変わったり、離れたりする意味を持つ場合は自動詞は下一段、他動詞は五段となる。

5 上一段活用の動詞は、自動詞が上一段活用、他動詞は五段活用で対立している。但し、この動詞は大変数が少ない。

国立国語研究所の「語彙の研究と教育」では、現代雑誌90種の用語用字を調べ異なり語数3457の中から動詞の分布率を発表している。

五段活用　　62.89%（2172語）

上一段活用　 1.91%（　66語）

下一段活用　29.74%（1028語）

カ変　　　　 0.14%（　 5語）

サ変　　　　 5.24%（ 181語）

その他　　　 0.08%（　 3語）

これでみると、日本語の動詞は、五段活用が60%以上、次いで下一段活用が30%弱で、動詞全体の90%以上が五段と下一段の動詞から成り立っていることがわかる。（してみると、自動詞と他動詞が活用の種類によって対立する場合も、殆どの場合、五段と下一段の動詞で出来ていることがうなずける。全部の動詞を挙げることはできないが、整理したものの中から日常生活の中で比較的使用率の高い動詞を取り上げてみた。

１ 自動詞と他動詞の対立がないもの

自動詞　　（目が）かすむ　　（試合に）勝つ　　（質問に）答える

	（学校へ）通う		（色が）異なる		（薬が）効く	
	（門を）くぐる		（山を）下る		（空が）曇る	
他動詞	（布を）選ぶ		（水を）汲む		（手を）かむ	
	（草を）刈る		（石を）置く		（字を）書く	
	（本を）読む		（紙を）配る		（花を）飾る……など	

② 自動詞と他動詞が同形のもの

自動詞	他動詞	自動詞	他動詞
戸がガタガタ言う	悪口を言う	門がひらく	門をひらく
道を急ぐ	準備を急ぐ	風が吹く	笛を吹く
大衆に受ける	注意を受ける	人が笑う	人を笑う
日が限る	日を限る	波が寄せる	車を寄せる
日が差（射）す	針を差（射）す	水が増す	水を増す
気（根）が張る	気（根）を張る	目が閉じる	目を閉じる…など

③ 活用語尾に「る」を持つ下一段活用の自動詞と活用語尾に「す」を持つ五
   段活用の他動詞が対立しているもの

る語尾の自動詞 （下一段活用）	す語尾の他動詞 （五段活用）	る語尾の自動詞 （下一段活用）	す語尾の他動詞 （五段活用）
現れる	現す	表れる	表す
荒れる	荒らす	返る	返す
帰る	帰す	かえる（孵）	かえす（孵）
遅れる	遅らす	枯れる	枯らす
消える	消す	崩れる	崩す
けがれる（汚）	けがす（汚）	焦げる	焦がす
転げる	転がる	壊れる	壊す
冷める	冷ます	覚める	覚ます

ずれる	ずらす	絶える	絶やす
倒れる	倒す	垂れる	垂らす
潰れる	潰す	解ける	解かす
溶ける	溶かす	出る	出す
流れる	流す	逃げる	逃がす
濡れる	濡らす	生える	生やす
剝げる	剝がす	外れる	外す
冷える	冷やす	増える	増やす
殖える	殖やす	膨れる	膨らます
震える	震わす	負ける	負かす
乱れる	乱す	燃える	燃やす
揺れる	揺らす	汚れる	汚す

④　活用語尾に「る」を持つ五段活用の自動詞と活用語尾に「す」を持つ五段
　　活用の他動詞が対立しているもの

る語尾の自動詞 （五段活用）	す語尾の他動詞 （五段活用）	る語尾の自動詞 （五段活用）	す語尾の他動詞 （五段活用）
動く（例外）	動かす	移る	移す
映る	映す	写る	写す
驚く（例外）	驚かす	下る	下す
転がる	転がす	反る	反らす
散る	散らす	照る	照らす
通る	通す	直る	直す
治る	治す	残る	残す
浸る	浸す	減る	減らす
回る	回す	戻る	戻す
漏る	漏らす	渡る	渡す

⑤ 自他ともに活用語尾に「る」を持つ。この場合の自動詞は五段活用、他動詞は下一段活用で対立をなす。（五段活用に多少の例外がある）

る語尾の自動詞 （五段活用）	す語尾の他動詞 （下一段活用）	る語尾の自動詞 （五段活用）	す語尾の他動詞 （下一段活用）
上がる	上げる	揚がる	揚げる
開く（例外）	開ける	空く（例外）	空ける
暖まる	暖める	温まる	温める
当たる	当てる	集まる	集める
痛む	痛める	傷む	傷める
浮く	浮かべる	浮かぶ（例外）	浮かべる
受かる	受ける	薄まる	薄める
埋まる	埋める	植わる	植える
収まる	収める	納まる	納める
終わる	終える	掛かる	掛ける
懸かる	懸ける	架かる	架ける
重なる	重ねる	傾く（例外）	傾ける
固まる	固める	叶う（例外）	叶える
被さる	被せる	変わる	変える
代わる	代える	替わる	替える
換わる	換える	決まる	決める
加わる	加える	込む	込める
定まる	定める	閉まる	閉める
締まる	締める	静まる	静める
鎮まる	鎮める	沈む（例外）	沈める
進む（例外）	進める	育つ	育てる
添う	添える	染まる	染める
備わる	備える	違う	違える
揃う	揃える	助かる	助ける
高まる	高める	建つ（例外）	建てる
立つ（例外）	立てる	貯まる	貯める
溜まる	溜める	捕まる	捕まえる

縮む	縮める	伝わる	伝える
続く（例外）	続ける	詰まる	詰める
勤まる	勤める	整う	整える
届く（例外）	届ける	止まる	止める
調う	調える	並ぶ	並べる
泊まる	泊める	載る	載せる
乗る	乗せる	始まる	始める
入る	入れる	広がる	広げる
はまる（嵌）	はめる（嵌）	ぶつかる	ぶつける
伏す（例外）	伏せる	混ざる	混ぜる
曲がる	曲げる	まとまる（纏）	まとめる（纏）
交ざる	交ぜる	向く	向ける
丸まる	丸める	休まる	休める
儲かる	儲ける	弱まる	弱める
止む	止める		

6 活用語尾に「る」と「す」の対立を示さない動詞の中で、その動作・作用
が行われることで、元の状態が変わったり、くっ付いていたものが離れる意
味を持つ動詞の場合は、自動詞は下一段活用、他動詞は五段活用で対立する。

自動詞（下一）	他動詞（五段）	自動詞（下一）	他動詞（五段）
折れる	折る	生まれる	生む
産まれる	産む	切れる	切る
砕ける	砕く	溶ける	溶く
解ける	解く	取れる	取る
採れる	採る	抜ける	抜く
ねじれる	ねじる	弾ける	弾く
ほどける（解）	ほどく（解）	もめる（揉）	もむ（揉）
焼ける	焼く	破ける	破く
破れる	破る	割れる	割る

7 自動詞が上一段活用の場合、他動詞は五段活用のものが多い。

自動詞（上一）	他動詞（五段）	自動詞（上一）	他動詞（五段）
生きる	生かす	起きる	起こす
落ちる	落とす	降りる	降ろす
下りる	下ろす	懲りる	懲らす
似る	似せる（例外）	伸びる	伸ばす
延びる	延ばす	滅びる	滅ぼす
混じる	混ぜる（例外）	交じる	交ぜる（例外）
満ちる	満たす		

8 他動詞の中で、主語が対象に働きかけるものと主語が第三者に働きかける
ものとで対立をなすもの

$\left\{\begin{array}{l}\text{浴びる（自分が）}\\\text{浴びせる（相手に）}\end{array}\right.$ $\left\{\begin{array}{l}\text{聞く（自分が）}\\\text{聞かせる（相手に）}\end{array}\right.$

$\left\{\begin{array}{l}\text{着る（自分が）}\\\text{着せる（相手に）}\end{array}\right.$ $\left\{\begin{array}{l}\text{知る（自分が）}\\\text{知らせる（相手に）}\end{array}\right.$

$\left\{\begin{array}{l}\text{飲む（自分が）}\\\text{飲ませる（相手に）}\end{array}\right.$ $\left\{\begin{array}{l}\text{見る（自分が）}\\\text{見せる（相手に）}\end{array}\right.$

〔6〕 似かよった言葉の区別

(1) 「打つ」と「叩く」

> 手を打つ
> 手を叩く

「打つ」も「叩く」も対象に力を加える垂直動作という点では共通した意味を持っている。しかし、「打つ」は瞬間的で一方通行の動作を表し、「叩く」は継続的で対象に対する反応をみたり状態を確かめたりする動作を表す。

> ホームランを打つ

これはボールをバットで瞬間的に遠くへ飛ばす動作で、ボールは戻ってこない。一方通行の動作である。

> 釘を打つ　鼓を打つ　うどんを打つ　注射を打つ　電報を打つ
> 水を打つ　碁石を打つ　灸を打つ　綿を打つ　手を打つ　6時
> を打つ　番号を打つ　点を打つ　敵を打（討）つ　網を打つ
> 賊を打（討）つ　銃を打（撃）つ　舌鼓を打つ　手金を打つ　不
> 意を打つ　新手を打つ

これらは、いずれも瞬間的に一方的な力を加える動作、あるいはそれに似た動作を表している。

> 腰を打つ　胸を打つ　頭を打つ　膝を打つ

これは体の一部分を、滑るか転ぶか突き倒されるか、何かのひょうしにどこかにぶつけてしまった動作である。これも瞬間的で一方的な動作である。また精神的に打撃を受けたとき、

> 胸を打つ　心を打つ

と表現して一方的な感動の意を表す。これに対して「叩く」は、

　　　トイレの戸をトントンと叩く

これはトイレの中に誰か入っているかどうか確かめている。床がいたんでいる
かいないかを確かめるときもトントンと叩く。西瓜の中身がよく熟れていないか
どうか確かめるときもトントンと叩く。

　　　戸を叩く　　　門を叩く　　　肩を叩く　　　ほこりを叩く　　　お尻を叩く
　　　太鼓を叩く　　　布団を叩く　　　バナナの叩き売り　　　着物を叩いて買う
　　　魚を叩く

　すべて継続動作である。「新聞がたたく」は書きたてて非難することであり、
「減らず口をたたく」は連続してしゃべりつづけることである。また、「ポンと肩
を叩く」のように瞬間動作に「叩く」を使うこともある。こういう例は稀で、こ
の場合も相手に自分の存在を知らせる動作であり、「打つ」のように一方通行の
動作ではない。

　　　⎰ 手を打つ
　　　⎱ 手を叩く

　神仏に祈るとき、瞬間的に両手を打ち合わせることを「手を打つ」という。2
度打っても3度打っても連続ではなく、ポン・ポンと1回ずつはずみをつけてポ
ンポンの間にほんのちょっとだけ休止を入れる。神仏に祈願することは一方的に
お祈りし、お願いする自分自身の行為である。「手を叩く」はアンコールといっ
て拍手するときの継続動作で相手の反応を求め、相手に呼びかけお願いしている。
また、相手がいなくても自分自身に何か嬉しいことがあったとき「うわーい」と
はしゃいで喜びの動作として手を叩くこともある。これも継続動作で、「打つ」
のようにつき離した動作ではなく、喜びを味わっている動作である。
「打つ」も「叩く」も、その場その場によって強い力・弱い力の両方を表す。

　　　強く打つ　　軽く打つ　　強く叩く　　軽く叩く

しかし、どちらかといえば「打つ」の方が瞬間的に集中した力が加わるので強い力を出すことが多く、「叩く」の方が継続動作なので弱い力を繰り返すことが多い。

(2)　「渡る」と「越える」

　　　　｛　川を渡る
　　　　　　山を越える

「渡る」も「越える」も一方から他方へ移動する動作・作用を表す。

　　　　川を渡る　　海を渡る　　谷を渡る　　沢を渡る　　海峡を渡る　　浅瀬
　　　　を渡る　　太平洋を渡る　　橋を渡る　　雁が渡る　　インドへ渡る
　　　　泳いで渡る

　以上の例を見てわかるように、「渡る」は水の上を移動することを表す。そこから水がなくても水の上を移動するのと同じような状態で移動する場合にも用いる。

　　　　綱を渡る　　歩道橋を渡る　　横断歩道を渡る　　廊下を渡る

「綱を渡る」は川に橋をかけて移動する動作を意識した表現で、歩道橋・横断歩道も車道を川に見たてて一方の歩道（岸）から他方の歩道（岸）へと移動するのが「渡る」である。建物と建物をつなぐ屋根つきの廊下を渡殿あるいは渡り廊下と言う。これも橋の上を移動するのと同じ動作である。

　　　　世間を渡る　　世の中を渡る

　これも人生を航海にたとえて、人の世を上手に泳ぐ生き方を表している。水の上は人間が足をついて歩くことのできない場所である。職業や仕事を転々として回ることを、

　　　　渡り歩く

　と言う。定職がない。つまり、足が地につかないでこちらからあちらへと移動

する動作である。

　　　猿が木から木へと渡って回る

　　　窓から窓へ渡って工事する

　　　秋風が野原を吹き渡る

　これらは、地に足がつかない空中での一方から他方への移動を表している。

　　　家が人手に渡る

　これは所有権の移動である。

「川を渡る」「海を渡る」「雁が渡る」……と、「渡る」は一方の側から他方の側
へ最後まで移動するのが前提である。途中で止めたり落ちたりしたのでは渡った
ことにならない。その意からか、始めから終わりまで、端から端まで全部の範囲
に及ぶことを表す場合にも用いられる。

　　　細部にわたって説明を加える

　　　全地域にわたって放映された

　　　3ヶ月にわたる交渉

　　　10回にわたる上演

　　　300ページにわたる解説

　つまり、「渡る」は水上または空中の足の付かない所、自分より低い位置を水
平に移動する意を表す。

　これに対して「越える」は、自分より高いところをこちらから向こうへ、その
上を過ぎていく動作・作用を表す。

　　　山を越える　　　峠を越える　　　国境を越える　　　丘を越える　　　柵を越え
　　　る　　　2メートルのバーを越える　　　仕切りを越える　　　塀を越える

　また、比喩的に用いることもある。

　　　病気が峠を越える　　　障害を越えて生きる　　　捜査が山を越える

　以上の「越える」は、下（低）から上（高）へ、そして再び上（高）から下

94

（低）への移動を表す。このような場所移動だけでなく、更に温度・時・能力・圧力・背丈・体重……など一定の目標や基準を上回る場合も「越える」という。こういう場合は「超える」の字を当てることもある。そして、場所移動の「越える」と違って、下（低）から上（高）への移動は示しても、上（高）から下（低）への移動は表さない。

> 定員を越（超）える　　気温が30度を越（超）える　　体重が100キロを越（超）える　　子供が親の背丈を越（超）える　　師を越（超）える

(3)　「戻す」と「返す」

> ｛ 本を棚に戻す
> ｛ 本を棚に返す

「戻す」も「返す」も、いったん移動したり進行したものを元の場所や状態に移し直す点で共通の意を表す。

「戻す」は一方から他方へ移行して、そのままの形で元の場所や状態に逆向させる。

> 食べ物を戻す　　よりを戻す　　時計の針を巻き戻す　　機嫌を戻す
> ねじを巻き戻す　　連れ戻す

このように「戻す」は元の状態のまま向きを変えて移行する。

これに対して「返す」は、ある事物が一方から他方へ移行するとき、原点からのつながりを断（絶）ち切って、新たにもう一度元の方向に移動し直す。

> 言葉を返す　　撲り返す　　恩を返す　　礼を返す　　巻き返す　　送り返す　　借金を返す

これらは、ある事物が一方から他方へ移行すると、そこで相手または対象にバトンタッチして、新たに相手または対象が同じような形で応答する用例である。

> 読み返す　　繰り返す　　返すがえす

これは反復の意を表している。この場合も「戻す」のように元の状態を逆向するのではなく、一度休止または終止して、再び新たに同じ方向にすすむ。更に、「返す」は表の面と裏の面を反対に変える用法もある。

　　　ひっくり返す　　裏返す　　扇を返す　　手のひらを返す　　えりを折り
　　　返す

　以上のような「戻す」と「返す」の用法は、所有権の移動にもあてはまる。貯金したお金をおろして再び自分の手に入れることを「払い戻し」と言う。これを「払い返し」とは言わない。「戻す」には所有権の移動はない。また、借金は「返す」と言い、「借金を戻す」とは言わない。図書館から借りた本、友達から借りた本を「図書館に本を戻す」「友達に本を戻す」とは言わない。この場合は「本を返す」と言う。返却・返品・返事……の熟語もあるように、「返す」には所有権の移動がある。

　してみると、「本を棚に戻す」は一度棚から別の場所に移動した本を、そのまま元の棚に置くことを表し、「本を棚に返す」は、棚にある本を一度自分のものとして見るか読むかして新たに元の棚に置くことを表すと考えられそうだ。しかし、実際には「戻す」も「返す」も似かよった意味をもっている言葉なので、この場合は特に意識して区別することなく使っていることが多い。

(4)　「触る」と「触れる」

　　　⎰　りんごを手でさわる
　　　⎱　りんごに手が（を）ふれる

　「さわる」と「ふれる」は手や足・指（または手や足で操る道具）など、体の一部がどこかに接触するという点で共通の意味を持っている。しかし、「さわる」は継続的で意図的な接触を、「ふれる」は瞬間的な自然の接触を表すという違いがある。だから、「さわる」の方が「ふれる」よりも対象にわざわざくっつける

意識が強い。語法上では「さわる」は「何を何でさわる」「何で何をさわる」の形、「ふれる」は「何に何をふれる」「何を何にふれる」「何に何がふれる」「何が何にふれる」の形で表す。

　　　　何を何でさわる　　　魚を手でさわる

　　　　何で何をさわる　　　手で魚をさわる

　　　　何に何をふれる　　　魚に手をふれる

　　　　何を何にふれる　　　手を魚にふれる

　　　　何に何がふれる　　　魚に手がふれる

　　　　何が何にふれる　　　手が魚にふれる

　これ以外の用法になると「さわる」は「さしつかえる・害になる」の意を表し「障る」の字を当てる。

　　　　目にさわる　　耳にさわる　　気にさわる　　癪にさわる　　体にさわる

　　　　感にさわる　　健康にさわる

「さわる」は「障ふ」と同じ語源だと言われている。主に身体に関するもので、この用法は「ふれる」にはない。

　また、「ふれる」は手・足・指などの身体以外にも接触の意で広く用いられる。自然に軽くタッチする意を表す。

　　　　目にふれる　　耳にふれる　　外気にふれる　　空気にふれる　　電線に

　　　　ふれる　　法にふれる　　折にふれる　　怒りにふれる　　問題にふれる

　　　　すぐれた芸術にふれる　　事にふれて　　学問的雰囲気にふれる

　この他、「ふれて歩く」「気がふれる」のような「ふれる」の用法もあるが、前者は「広く告げ報せる」の意、後者は「狂う」の意を表す。

⑸ 「干す」と「乾かす」

> 洗濯物を干す
> 洗濯物を乾かす

「干す」も「乾かす」も水分をなくそうとする点では共通している。

「干す」は日や風などの自然の力を借りて水分をなくそうとする。「干す」は日や風に当てる行為をさす。

> 干し柿　　干しあわび　　干し椎茸　　干し草　　天日干し　　切り干し
> 大根　　ふとんを干す

　これらは日や風に当てる「干す」行為によって自然に水分が抜けていく。

　これに対して、「乾かす」は自然の力を借りる場合もあるが、人工的に水分をなくすときにも使う。風や光に当てなくても、濡れたものを火であぶって乾かすこともあれば、乾燥機で水分を蒸発させることもある。

> 洗った髪をドライヤーで乾かす

> 濡れた手をストーブで乾かす

「乾燥しいたけ」「乾燥わかめ」といえば室内で機械によって処理したものを指す。「干し椎茸」「干しわかめ」といえば太陽の光を浴びて処理したものを指す。最近、食品の表示に「天日干し」と書いてあるのを見かけるが、これは自然の空気や光に触れたもので、室内の機械によって処理したものではない。

> 洗濯物を干して乾かす

　水分をなくすために日や風に当てる行為が「干す」で、自然の力・人工の力を借りて水分をなくす行為が「乾かす」である。

「乾かす」の自動詞は「乾く」で、「干す」の自動詞は「干（ひ）る」である。「干潟・干潮」は自然の力によって水分がなくなっていくことで、「田が干あがる」も雨が降らないために田の水がなくなってしまうことである。そこから、本

来ある水分を取り除く意味にも使われるようになる。

　　　池の水を干す　　杯を干す

　更に仕事や食べ物を与えない意味にも使うようになる。

　　　仕事を干す　　お腹を干す

(6)　「届く」と「着く」

　　　{ 荷物が届く
　　　　 荷物が着く

「届く」も「着く」も移動して、ある場所に達するという意味では類似している。しかし、「届く」が起点から到達点までの距離を問題にしているのに対して、「着く」は到達点だけを意識しているという違いがある。

　　　手が届く　　　品物が届く　　　手紙が届く　　　電波が届く　　　ニュースが届
　　　く　　声が届く　　注意が届く　　　願いが届く　　　気持ちが届く　　　天ま
　　　で届け　　　天井まで届く

「届く」は一方から他方への距離感と方向性の意識がある。

　　　駅に着く　　　港に着く　　　荷が着く　　　品物が着く　　　手紙が着く

「着く」は到達点や接点だけを問題にして、起点から到達点までのつながりは意識しない。だから、「着く」は到達する場所のはっきりしない「声・注意・電波・思い……」などの抽象的なものの移動は表さない。

(7)　「つなぐ」と「結ぶ」

　　　{ ひもをつなぐ　　　　{ ひもでつなぐ
　　　　 ひもを結ぶ　　　　　 ひもで結ぶ

「つなぐ」も「結ぶ」も線状のものをくっ付けて離れないようにする点では共通性がある。しかし、そのくっ付け方に微妙な違いがある。

「つなぐ」は「綱」と同じ語源なので、多くの場合、線状のものをくっ付ける意を表す。

　　　　糸をつなぐ　　　ひもをつなぐ　　　電話線をつなぐ　　　手をつなぐ

これらは二つの離れているものをくっ付けて離れないようにすることである。

　　　　犬を鎖でつなぐ　　　船を岸につなぐ

これらは鎖とかひものようなもので一方を他方の固定した部分にくっ付けることである。このような具体的なものだけでなく、抽象的な意味にも使う。比喩的に次のように用いる。

　　　　手をつなぐ（共同にことを行うための動作）

　　　　顔をつなぐ（知り合いになる）

また、反対に離れていくものをくいとめて離れないようにする動作も表す。

　　　　望みをつなぐ　　　命をつなぐ

「つなぐ」は線状のものを離れないようにするだけで、特に両者を交差させたり絡み合わせたりはしない。

　これに対して「結ぶ」は、接触させるときに必ず両者を交差させたり組んだり絡ませたりして離れているものをひとつにまとめる。

　　　　糸を結ぶ　　　ひもを結ぶ　　　なわを結ぶ

更に比喩的に次のように使うこともある。

　　　　縁を結ぶ　　　同盟を結ぶ　　　二点の距離を結ぶ

　　　　手を結ぶ（共同にことを行うための動作）

また、「結ぶ」は離れているものをくっ付けるだけでなく、はじめからまとまっている１本の線状のものを、折ったり曲げたり絡めたりして別の形に組みかえる用法もある。

　　　　ネクタイを結ぶ　　　リボンを結ぶ　　　帯を結ぶ

以上の「結ぶ」は線状のものをくっ付けたり、組み替えたりする用法だが、こ

のほかに物事のしめくくりや完成、終わりを表す用法もある。

　　　実を結ぶ　　夢を結ぶ　　話を結ぶ　　文章を結ぶ

「実を結ぶ」はただ「実が成る」という結果の状態だけでなく、種から芽が出て、葉が出て、花が咲いて、実が成るという植物成長の過程も浮かんでくる表現である。「夢を結ぶ」は希望の叶えられる将来までの距離が感じられる。「話を結ぶ」「文章を結ぶ」は単に「終わる」という意味だけでなく、ここで完成の気持ちが含まれている。話や文章は線状性がある。してみると、これらの用法も線状性という点では他の「結ぶ」の用法と共通している。「ご飯を三角に結ぶ」もバラバラのご飯をひとつにまとめて三角の形に整えて完成する意を表している。線状性はないけれど「結ぶ」の意味と共通性がある。「結んで開いて」の歌詞の「結ぶ」は手の指を内側に折り曲げて握りこぶしの形にする意を表す。それは、ちょうどネクタイやリボンを結んだときの結び目のような形になる。「口を結ぶ」は上唇と下唇を合わせて口を閉じる意を表す。「閉じる」よりも「結ぶ」の方が、きゅうっと上下の唇を合わせる強さがある。そこから、心にしまっておいて口に出さない、黙っている意味で「口を結ぶ」の用法も生まれる。

(8) 「切る」と「割る」

　　｛　すいかを切る
　　　　すいかを割る

「切る」と「割る」は元の状態を二つまたはそれ以上に分離するという点では共通している。しかし、「切る」は継続動作で、分離した後の形・状態を意識し、「割る」は瞬間動作で分離した後の形・状態は問題にしないという違いがある。「切る」は紙や布・板などの平面的なもの、大根・りんご・肉・魚などの立体的なもの、電線・時間・糸・ひものように線状的なものなどいろいろな範囲で使う。

　これに対して「割る」は「たまごを割る」「コップを割る」など立体的なもの

の分離に使うことが多い。

「腹を切る」「口を切る」は線的に身体に傷つけることであり、「腹を割る」「口を割る」は心の中にあるものを外に出すことである。「口を切る」はまた話し始めるの意に使うが、話は音の連続・語の連続で線状性がある。だから、話し終わるときも「言葉を切る」「話を切る」と言う。「話を結ぶ」が話を完成させて終わらせる意を表すのに対して、「話を切る」は途中で打ち切って終わらせる意を表す。「割る」は「茶碗を割る」「ガラスを割る」のように元の状態をこわしてしまう破壊的要素を持っている。「二人の仲に割って入る」「行列に割り込む」も同じ用法といえよう。

「すいかを切る」は包丁やナイフを使って2等分・3等分などときれいな切り口で分ける動作を表す。「すいかを割る」は投げたり叩いたりして何等分かにする動作を表す。そのとき、割った後の形は問題にしない。

(9) 「浮く」と「浮かぶ」

　　　　┌ 木の葉が浮いている
　　　　└ 木の葉が浮かんでいる

「浮く」も「浮かぶ」も地上または水底から離れている意を表す点で共通している。

　　　紙が浮く　　　泡が浮く　　　氷が浮く　　　油が浮いている　　　体が宙に浮く
　　　ゴミが浮く　　　垢が浮く

これらは軽さのために物理的に下から上へと移動する作用を表す。

　　　腰が浮く　　　浮いた気持ち　　　浮いた話

これらも気持ちがしっかりしないでふわふわしている意の比喩的表現である。

　　　歯が浮く

これは虫歯になって歯の根元がぐらぐらして浮いた状態を表す。

今日は 1 万円浮いた

　　　特急に乗ったら 2 時間浮いた

　予想より多くのお金や時間ができてゆとりの生じた場合にも「浮く」という。
ふわふわと遊ばせておいてよいお金と時間だから「浮く」と言うのだろう。

　　　雲が浮かんでいる　　　月が浮かんでいる　　　アドバルーンが浮かんでいる

　　　宇宙船が浮かんでいる　　　涙が浮かぶ　　　名案が浮かぶ　　　心に浮かぶ

　　　面影が浮かぶ　　　不快な色が浮かぶ

　これらの「浮かぶ」は、空中・水面・身体・脳裏などにどこからともなく現れ
て存在する意を表す。

「木の葉が浮いている」は、ただ木の葉が軽いために水面に存在している状態を
客観的に描写している。「木の葉が浮かんでいる」は、風か何かで木の葉が舞っ
て水面に落ちたとか、誰かが水面に置いた状態を表し、文学的・詩的なニュアン
スを伴っている。

⑩　「光る」と「輝く」と「照る」

> 星が光る
>
> 太陽が輝く
>
> 月が照る

「光る」「輝く」「照る」は「光を放つ・明るくなる」という意味では共通してい
る。ところが、「光る」「輝く」は対象を明るくするのではなく、光を放つもの自
体が明るくなる作用を表し、結果として明るくなったとしても対象は問題になら
ない。「照る」は光を放つだけでなく、光が何かに届く意味を含んでいる。

　　　太陽が照りつける　　　夕日が照り返す

　これは太陽や月の光が地上の何かに届いて、その部分を明るくしている。「光
る」や「輝く」のように光源それ自体が勝手に光を放っているのとは違う。

　　　　照り降り　　照ったり曇ったり

　つまり、「日が照る」は晴れていることで、雨や雲にさえぎられないで、太陽の光が地上に届いている状態である。

　　　　じりじりと照りつける

　これも、太陽の熱が地上に届いている状態を表す。このように「照る」は対象が問題となる。「光る」は「輝く」よりも光量が小さい。

　　　　遠くにぽつんと光っている星

　　　　草むらで光る虫

　　　　ぼうっと光って見える

　これを「輝く」とは言わない。「輝く」は「光る」よりも、もっと光が束になって大きなまぶしさとはなやかさを伴う。

　　　　キラキラと輝くダイヤ

　　　　ギラギラと輝く夕日

　　　　電灯がこうこうと輝く

　　　　目がらんらんと輝く

　このように、「輝く」は「光る」よりも光量が大きいため、光を継続的に放ちつづける場合が多い。その点、「光る」は「ぴかぴかに光る」「きらきら光る」と繰り返しにも使うし、

　　　　きらりと光る　　ぴかっと光る

　のように瞬間的に明るくなる場合にも使う。

⑾　「おおう（覆う）」と「かぶせる（被せる）」

　　　　{ 布で顔をおおう
　　　　{ 布を顔にかぶせる

「おおう」も「かぶせる」も見えているものを見えないようにする点で共通した

意味を持っている。

　　　　布で顔をおおう　　　畑をビニールでおおう　　　耳を手でおおう　　　バッタ
　　　の大群が空をおおう　　　雪におおわれた景色

「おおう」は広い範囲の全体をおおざっぱに見えないようにする動作・作用を表
す。似た言葉に「包む」があるが、おおうが一方のおおった側からだけ見えない
ようにするのに対して「包む」は上下・前後・左右、どこからもすっぽり見えな
くする。一方の側からだけ見えないようにする点では「おおう」は「かぶせる」
と共通する。

　　　　本にカバーをかぶせる　　　指にサックをかぶせる　　　帽子をかぶせる
　　　冠をかぶせる　　　蓋をかぶせる　　　果実に紙をかぶせる
　　　ふとんをかぶせる　　　歯に金をかぶせる　　　頭から水をかぶせる

「かぶせる」は部分的に対象に別の物を載せたり、浴びせたり、はめたりする。
その結果、部分的に見えなくなる。「おおう」がおおざっぱに見えないようにす
るのに対して、「かぶせる」は部分的に見えないようにする。部分的な形に合わ
せて見えないようにする場合が多い。また、「おおう」と「かぶせる」は助詞の
使い方にも相違がある。

　　　　何（手段・材料）で何（対象）をおおう　　　　対象を手段・材料でおおう
　　　何（手段・材料）を何（対象）にかぶせる　　　対象に手段・材料をかぶせ
　　　る

⑿　「洗う」と「すすぐ」

　　　｛　口をすすぐ
　　　　　手を洗う

「洗う」も「すすぐ」も水またはお湯で汚れを落としてきれいにするという点で
は共通した意味をもっている。

「すすぐ」は何の薬品も道具も使わずに、水または湯だけで表面の汚れをざっと流すだけである。きれいにしようとするものを水または湯の中で揺らす動作を表す。

　　　口をすすぐ　　　洗濯物をすすぐ

　ここから比喩的に、恥や不名誉をぬぐい去るときにも使う。

　　　汚名をすすぐ

　これに対して、「洗う」は表面・内部ともに汚れている部分をなくす動作を表す。だから、石けん・洗剤・薬品などを使うこともあれば、タワシのような道具を使ってゴシゴシと洗うこともある。

　　　顔を洗う　　車を洗う　　ブラシで洗う　　石けんで洗う　　波が岸を洗う

　ここからまた比喩的に

　　　足を洗う

　のように使うこともある。これは、よくない仕事や仲間から離れて正道に戻る意を表す。更に

　　　身元を洗う　　真相を洗う　　素姓を洗う

　のように隠れている事柄を調べあげる意にも用いられる。

　このように「すすぐ」は水または湯だけで汚れをおとす表現なので、ゴシゴシ洗うことのできない口の中は「すすぐ」と言う。手は水だけ、またはお湯だけで洗うこともあるが、その場合もゴシゴシとこする。もっときれいにしたいときは石けんを使う。尚、「すすぐ」は「ゆすぐ」とも言う。

⒀　「よける」と「さける」

　　　┌　車をよける
　　　└　車をさける

106

「よける」も「さける」も対象から離れるという点で共通した意味を持つ。

　　　　車をよける　　水たまりをよける　　飛んでくるボールをよける　　雷を
　　　　よける　　　強い日差しをよける

「よける」は邪魔なもの、危険なものから離れる動作を表す。これに対して、
「さける」は、

　　　　人目をさける　　混雑をさける　　ラッシュアワーをさける　　喧嘩をさ
　　　　ける　　いざこざをさける　　不吉な言葉をさける　　休日をさけて外出
　　　　する　　車の混んでいる道をさける　　店の前をさけて通る

のように、関係したくないもの、いやなものから離れる、近寄らない動作を表
す。

　つまり、「よける」は物理的に対象から離れる動作、「さける」は精神的に対象
から離れる動作を表す。「よける」は物理的な移動を表すので対象は具体的なも
の、「さける」は精神的に近寄らない動作なので対象は抽象的なものも多いが、
イヤだという気持ちが反応するものには具体的なものもある。

「車をよける」は車にぶつからないように車から離れる移動動作を表す。「車を
さける」は、車に近寄りたくない気持ちが働いて車から遠ざかる、車に近寄らな
い動作を表す。

(14) 「願う」と「望む」

　　　平和を願う
　　　平和を望む

「願う」も「望む」も「こうなってほしい・こうありたい」と思う気持ちを表す
点で共通した意味を持っている。

　　　　健康を願う　　合格を願う　　病気の回復を願う　　昇給を願う

「願う」は「祈ぐ＋継続の助動詞（ふ）」から生まれた言葉で、自分の夢や期待

を他の力に頼る。神仏に祈ったり、他人に頼ったりして、自分の理想や希望を実現しようとする。

　　　　健康を望む　　日本語の国際化を望む　　現代の青少年に望むこと
「望む」は自分に対しても相手に対しても、こうなればよい・こうしたいという気持ちを表すが、どこまでも自分の気持ちや考えで、他の力を頼みにはしていない。

　尚、「望む」は「覗き」と同根かと言われている。何かを求めて遠くまで見る意を表す用法もある。

　　　　遠く富士山を望む　　はるか向こうに伊豆の海を望む

(15)　「誤る」と「間違える」

　　　｛　道を誤る
　　　　　道を間違える

「誤る」も「間違える」も「正しいことから外れる」という意味で共通性がある。しかし、「部屋を間違える」を「部屋を誤る」とは言わない。また、「誤って池に落ちてしまった」と言っても「間違えて池に落ちてしまった」とは言わない。

　　　　人生を誤る　　指導を誤る　　針路を誤る　　判断を誤る
　これらの「誤る」は社会道徳の正しいあり方から外れる意を表している。

　　　　酒とビールを間違えた　　時間を間違えた　　順序を間違えた　　人を間
　　　　違えた　　家を間違えた
　これらの「間違える」は不注意でうっかりしたときに取り違えてしまう意を表している。

　つまり、「道を誤る」は人生の道を誤る意で、思い通りではない、理想としない、人並みでない道を歩むことを表す。「道を間違える」は、正確に覚えていないために、何かの思い違いで、歩くはずでない別の道路を歩いてしまうことを表

す。但し、能力不足によって正解から外れる場合や失敗したときは「誤る」とも言えば「間違える」とも言う。

> 答えを誤る
> 答えを間違える

　この場合も正しくない意味では共通している。しかし、「間違える」の方は、正解が分かっているのに答えを書く欄を取り違えてしまったり、字を勘違いして別の字を書いてしまうような場合にも使う。この用法は「誤る」にはない。「誤る」は問いに対する内容のミスだけを表す。尚、会話では「答えを間違えちゃった」とは言うが、「答えを誤っちゃった」とは言わない。

⒃　「増える」と「増す」

> 水が増える
> 水が増す

「増える」も「増す」も数や量が多くなる意を表す点で共通している。

> 人口が増える　　漁獲量が増える　　生徒数が増える
> 人口が増す　　　漁獲量が増す　　　生徒数が増す

　このように共通して使える場合もあるが、程度が大きくなる意には「増す」は使えるが「増える」は使えない。

　　　スピードが増す　　実力が増す　　圧力を増す　　人気を増す

　これを「スピードが増える」「実力が増える」とは言わない。

　また、「ふえる」には「増える」の漢字を当てる場合と「殖える」の漢字を当てる場合がある。「増える」は「減る」の対で、既にある数や量の上に、同じものが他から加わって全体が多くなる意を表す。

　　　雨量が増える　　品数が増える

　これに対して「殖える」は、反対の意味を表す文字がなく、それ自身で数や量

が多くなる意を表す。

　　　利子が殖える　　　ねずみが殖える　　　がん細胞が殖える　　　白髪が殖える
（「増える」と「殖える」の区別は文化庁のことばシリーズ23による）

(17)　「見える」と「見られる」

　　{ 今夜は星が見える
　　{ 今夜は星が見られる

「星が見える」は実際に目の前に星が見えている描写を表している。「星が見ら
れる」は目の前に星が見えていなくても今夜はどこかで星を見ることができると
いう説明をしている。

　　　あっ、海が見えた。

　　　ほら、お星さまが見えるよ。

　　　だんだんはっきり見えてきた。

　これらを「見られる」に言いかえると不自然である。すべて描写文である。

　　　美術館に行くと源氏絵巻が見られる。

　　　ビデオがあるので最近は家でも映画が見られる。

　これを「見える」に言いかえると不自然になる。これは説明文である。たった
今、目の前に見えていなくても、頭の中で考えて見ることが可能な場合は「見ら
れる」と言う。

　また、「見える」は現実の事象を描写する言葉なので、外的な条件ではなく内
的な条件、つまり実際にものを見る力も表す。

　　　猫は夜でも目が見える。

　　　鳥は夜になると目が見えなくなる。

　　　黒板の字が見えますか。

　更に「見える」は心の中に映るようすも表す。

110

入道雲がくじらに見えた。

　もうお帰りになったとみえる。

　嬉しそうな顔つきは合格したとみえる。

　また、「見える」は実際に見えていなくても、条件文の中で使った場合は描写
文と同じ扱いになる。

　　窓を開ければ港が見える。

　これは現在、港は見えていない。しかし、窓を開けるという条件のもとではい
つも港が自分の目に入ってくるという意で、条件文の中の描写文である。

　ちなみに、「見える」は下一段活用の自動詞。「見られる」は上一段活用の他動
詞「見る」に可能を表す助動詞「られる」の付いた形である。

　この他、「見える」には「来る」の敬語「おいでになる」「いらっしゃる」と同
じ意味の用法もある。

　　むこうから先生がお見えになる。

⒅　「開く」と「開ける」

　　{ 窓を開く
　　　 窓を開ける

「開く」も「開ける」も「閉じる」の反対の意味を持つ点では共通している。両
者は大変似ているけれど、意味も用法も違う。

　　つぼみが開く　　傘を開く　　扇を開く　　手を結んで開く　　心を開く

　　運が開く　　魚を開く　　会を開く

　これらの「開く」は閉じている状態から上下・左右に、内から外に広げる（広
がる）意を表す。しかし、これを決して「開ける」とは言わない。反対に

　　障子を開ける　　襖を開ける　　ふたを開ける　　穴を開ける

　これらの「開ける」は閉じている状態から塞いでいるものを移動してすき間を

111

作る意を表す。これも決して「開く」とは言わない。

$$\left\{ \begin{array}{l} 口を開く \\ 口を開ける \end{array} \right. \quad \left\{ \begin{array}{l} 胸を開く \\ 胸を開ける \end{array} \right. \quad \left\{ \begin{array}{l} 店を開く \\ 店を開ける \end{array} \right. \quad \left\{ \begin{array}{l} 包みを開く \\ 包みを開ける \end{array} \right.$$

　これらは「開く」とも「開ける」とも言う。しかし、この場合も「開く」は内から外に広げる意を表し、「開ける」はすき間を作る意を表している。

$$\left\{ \begin{array}{l} 口を開く \\ 口を開ける \end{array} \right.$$

「口を開く」は閉じている唇を上下左右に広げる意も表すが、黙っている状態から発言する意も表す。つまり、心の内から外に言葉を出すことである。これに対して「開ける」は発言の意味はなく、ただ唇を広げる動作だけを表す。しかも、「開ける」動作は大きくても小さくても、すき間を作れば「開ける」と言う。

$$\left\{ \begin{array}{l} 胸を開く \\ 胸を開ける \end{array} \right.$$

「胸を開く」は着ている物を真ん中から両脇にいっぱいに広げることを表す。「胸を開ける」はいっぱいに広げなくても、ファスナーで少し開けただけでもよい。すき間を作れば「開ける」と言う。

$$\left\{ \begin{array}{l} 店を開く \\ 店を開ける \end{array} \right.$$

「店を開く」は営業時間の開始の意味も表すが、今まで閉じていた店の営業を始める意を表したり、何か物をいっぱい並べたり、店の前に露店を出すときも「店を開く」と言う。「開ける」は営業時間の開始または店の戸を開ける意を表す。新しく店がオープンするということは営業を中止するまでの店の事業が行われる全部の期間の開始を表し、それを「オープン」「開店」「店を開く」と言う。「店を開ける」とは言わない。「店を開ける」は営業時間の開始で、一日の一部の時間帯の始まりを指す。全部と一部の時間帯の違いは、いっぱいに広げるとすき間

を作る意に通じるものがある。また、「店をあける」は「明」「空」の字を当て留守にすることにも使う。これも暮らしの一部にすき間を作る意に通じるものがある。

$$
\left\{
\begin{array}{l}
包みを開く \\
包みを開ける
\end{array}
\right.
$$

「包みを開く」は風呂敷のようなもので結んだり閉じたりしてある包みをひも解いて広げる意を表す。「包みを開ける」はテープのようなものでとめてある包装をはがす意を表す。「開く」は大きくすっぽり広げる意、「開ける」は包装の一部だけを取り除くとき、また全部の包装を取り除くときもはがすに近い動作をする。「本を開く」も本をいっぱいに内から外に広げる動作を表し、「本を開ける」はちょっとでも本の中身が見えるようにすれば「開ける」と言う。

　　　　　戸を開ける　　カーテンを開ける　　幕を開ける

　これらの「開ける」はすべてすき間を作る意を表す。「開く」を使っても間違いではないが、「戸」「カーテン」「幕」などは一般に「開ける」動作を表す。「開く」を使う場合は、真ん中から両脇に大きく広げる動作のときである。

　このように「開く」と「開ける」が両方使える場合は、「開く」の方が動作が大きく、しかも広い意味を持っている。「開ける」は単なる「閉」を「開」にする動作だけを表す。

　してみると、「窓を開く」は横に滑らせて開閉する窓ではなく、真ん中から外に向けて左右に広げる窓のときに使う。「窓を開ける」はどんな開閉式の窓にも使うことができ、左右・前後・上下、少しでも全部でも、すき間を作って「閉」から「開」にすれば「開ける」と言う。

⒆ 「薄い」と「淡い」

{
薄い色
淡い色
}

「薄い」も「淡い」も主に色や味などの程度が弱い点で意味が共通している。しかし、「薄い」は「濃い」に対立する語で、色や味が標準より「濃くない」という事象を客観的にとらえた表現にすぎない。「薄い」という言葉そのものには何の感情も入っていない。ところが、「淡い」はただ薄いだけでなく、そこにはほのかな、ほんのりとした感覚が伴う。今にも消えてしまいそうなふんわりとしたやわらかい、あたたかい気持ちが含まれている。冷静に事象だけをとらえた「薄い」と違って、「淡い」は文学的・詩的な表現といえる。

　気持ちを表すときにも「情が薄い」といえば薄情で冷たい気持ちを表し、「淡い恋心」といえば、強い情熱的なものではないけれど、ただ軽い気持ちというのではなく、ほのぼのとしてあたたかく美しい気持ちが含まれている。「薄日（うすび）」といえば、ただ光が弱いことを表す。ところが、「淡い光」と言うと、単に光が弱いだけでなく、なんともいえない品のよいあたたかな美的感覚が加わる。「匂い淡し」といえば、どこからともなくただよってくる、ほんのりとした、ふんわりとした気配が感じられる。「薄い」には「厚い」に対立する意味もあるが、この用法は「淡い」にはないのでここでは取り上げない。また、「淡白」とか「淡々とした」のような表現もあるが、漢語になると用法もニュアンスも微妙に違ってくるので、ここでは取り扱わない。

　ちなみに、「淡雪」という言葉があるが、奈良時代にはあわのように溶けやすい意から「沫雪・泡雪（あわゆき）」と表現していた。平安時代になると「淡し（あはし）」の語感から「淡雪（あはゆき）」の表現も行われるようになった。「淡雪」は春に降る溶けやすい雪・うっすら積もった雪の意で使われていたようだ。

倭訓栞（江戸時代の辞書）によると、あわゆき「……後世ニ云フ淡雪（アハユキ）ハ、春ノ
　　物ニ云ヒ、万葉ノ、歌ニ多ク詠ゼシ沫雪（アワユキ）ハ冬ニ云ヘルガ多シ」

雅言集覧（江戸時代の辞書）によると、あわゆき「春ノ雪ノ淡淡シキヲ、後世
　　ニ云ヘリ」

常用漢字表（昭和56年内閣告示）によると、「淡、あわい　淡雪」と掲示され
　　ている。

⑳　「可愛い」と「可愛らしい」と「愛らしい」

　　┌　可愛い顔
　　│　可愛らしい顔
　　└　愛らしい顔

「可愛い」の古い形はカハユシで語源は「顔映（カホハ）ゆし」だと言われている。つまり、
気がとがめて顔が赤らむようだ、まともに見るに耐えないという意味で使われて
いた。そこから相手をいたいたしく思い、かわいそうだと感じるようになって、
弱いもの小さいものに対する愛情を表すようになった。

「可愛らしい」は、この「かはゆし」の語根に形容詞接尾語の「らしい」の付い
たもので「かはゆらし」と表現していた。

　このように弱いもの小さいものに対する愛情を表す「可愛い」と「可愛ら
しい」は単に小さいという意味にも使うようになる。

　　　　かわいい時計　　かわいい電池　　かわいいハサミ

　　　　かわいらしい時計　　かわいらしい電池　　かわいらしいハサミ

　このような使い方は「可愛い」も「可愛らしい」も共通した意味を持っている。
強いていえば「可愛い」の方が主観的で、「可愛らしい」の方が客観的と言える。
「愛らしい」は「かはゆし」から生まれた言葉ではないので、単なる小さいの意
味はない。「愛らしい」は平安時代の作品には用例が見当たらず、鎌倉時代にな

ると沙石集に「御目ハ、ホソボソトシテあいらしくオハスルゾヤ」と現代と同じ
意味で使っている例が見られる。

「可愛い顔」「可愛らしい顔」「愛らしい顔」はいずれも小さいものに対する愛情
を表し、ほとんど同じような意味で使っている。発音上の違いから微妙なニュア
ンスの違いはあるが、それは話し手（書き手）の自由に任されている。

⑳ 「寂しい」と「侘びしい」

　　　　　さびしい一人暮らし
　　　　　わびしい一人暮らし

　この場合の「さびしい」「わびしい」は、両語とも心が満たされない沈んだ気
持ちを表している。「さびしい」は誰もいないためにおきる孤独感を表し、「わび
しい」は失望・失意や不遇からくる心細さを表している。

　　　　　さびしい今夜のおかず
　　　　　わびしい今夜のおかず

「さびしい」は品数の少なさを、「わびしい」は経済的に恵まれないためにデラ
ックスでない、そのためにおきる心のみじめさを表している。

　　　　友達がいなくてさびしい

　　　　冬の庭は花が少なくてさびしい

　　　　ふところがさびしい

　　　　住み慣れた家を離れるのがさびしい

　これらは人がいなかったり物がなかったりすることによって起きる心の空白感、
元気のない気持ちを表している。

　　　　不治の病と知ってからさびしい表情に変わった。

　　　　事業に失敗したのか、さびしそうな様子をしている。

　　　　さびしい後ろ姿を見せて帰って行った。

人や物がなくなるだけでなく、心にいだいた希望や喜びが失われたときも「さびしい」と言う。「さびしい」は「荒（さぶ）」と同じ語源で元の生気が失われ荒れ果てた気持ちは表しても、そこにみじめさやみすぼらしさはない。これに対して、

　　　　わびしい格好（かっこう）　　わびしい暮らし　　わびしい旧街道
など、「わびしい」には情ない、おちぶれてみじめなといった気持ちを表す。

⑳　「静かな」と「穏やかな」

　　　　｛静かな海
　　　　｛穏やかな海
「静かな」は「うるさい」に対立する言葉で、外界がうるさくない状態を表す。
　　　　静かな教室　　静かな夜　　静かな公園
これに対して「穏やかな」は「はげしい」に対立する言葉で、
　　　　穏やかな人柄　　穏やかな表情　　穏やかな性質　　穏やかな気候
と安らかな状態を表す。　したがって、「静かな海」は波風の少ない状態と人気のない状態、荒れたり賑やかだったりしない、騒々しくない海の意を表す。「穏やかな海」は人気があるかないか、車の音がするかしないか、船のエンジンが聞こえるか聞こえないかなど騒音に関するものは問題にしない。波風がはげしいかどうかといった海の性質を問題にする。

　　　　｛静かに話す（大きな声を出さないで話す）
　　　　｛穏やかに話す（興奮しないで話す）
　　　　｛静かな人（大声で笑ったり話したりしない、どたばた歩かない、がつがつ食べないなど主に動作に揺れが少ない人）
　　　　｛穏やかな人（人と争わない、興奮しないなど性質に揺れが少ない人）
つまり、「静かな」は外に表れた騒音や動揺の少ない状態を表し、「穏やかな」

は心や性質など内面的に揺れの少ない状態を表す。

㉓ 「嬉しい」と「楽しい」

　　{ お手紙を嬉しく拝見いたしました
　　{ お手紙を楽しく拝見いたしました

「嬉しい」も「楽しい」も心が浮き浮きした喜びの気持ちを表す点では共通している。しかし、「嬉しい」は瞬間的な喜びを表し、「楽しい」は継続の喜びを表す違いがある。

　　　嬉しく思う　　嬉しく感じる　　晴れて嬉しい　　お目にかかれて嬉しい
　　　病気が治って嬉しい　　プレゼントをもらって嬉しい　　合格して嬉しい
　　　試合に勝って嬉しい　　チケットが手に入って嬉しい　　靴が買えて嬉しい

　いずれも「嬉しい」は瞬間に湧き起こる心の喜びを表している。これに対して「楽しい」は、

　　　楽しく遊ぶ　　楽しく暮らす　　楽しく歌う　　楽しく話す　　楽しく作る　　楽しい旅行　　楽しい思い出　　楽しい学校生活　　ゲームが楽しい　　釣りが楽しい　　ダンスが楽しい

など、「楽しい」は時間をかけて味わう心の喜びを表している。

「お手紙を嬉しく拝見いたしました」は、手紙を受け取ったことの喜びを表し、「お手紙を楽しく拝見いたしました」は手紙を読みながら、その文面または内容に感激し深く味わっている喜びを表している。

㉔ 「正しい」と「正確な」

　　{ 正しい答え
　　{ 正確な答え

「正しい」も「正確な」も、ある基準に対するプラス評価の判断をくだす。

姿勢が正しい　考えが正しい　礼儀が正しい　正しい行い　正しい生き方　正しい答え

これらの「正しい」は抽象的な内容の規範を表す。したがって、基準の範囲が広く、数学的・科学的に割り切れるはっきりした基準を設けることはできない。主観的な判断を伴う。これに対して、「正確な」は、

正確な位置　正確な時間　正確な計算　正確に切る　正確に量る

のように、規準の範囲がはっきりしていて少しの微差も許されない。時計の針が5時を示すときに3分違っても1分違っても、たとえ1秒違ってもぴったりでなければ正確とは言えない。客観的な判断を表す。

$$\left\{\begin{array}{l}\text{正しい答え}\\\text{正確な答え}\end{array}\right.$$

これは両方の使い方が可能な場合である。算数や科学のように答えをはっきり打ち出せる場合はよいが、社会や国語のように解答に幅のある教科もある。学校で扱う試験問題や練習問題の答えは「正しい」か「誤り」かで表す場合が多い。そうかといって地図を書くのは「正確に書く」であり、技術の時間に木や紙を切るのも「正確に切る」である。体育の時間に徒競走のタイムを計ったり、トラックのラインを引くのもみな正確を要求する。

また語の出自という観点から「正しい」と「正確な」を比較してみる。「正しい」は私語で「正確な」は漢語「正確」に「な」を付けて形容動詞（ナ形容詞）にしたものである。和語の形容詞は数が少なく抽象的で、詳しく細かく表現する力がない。たとえば「大きい」を例にとってみる。和語では「大きい」と一語でしか表現する言葉がないのに、漢語になると、

巨大　最大　広大　膨大　莫大　絶大　甚大　遠大
雄大

のように何種類もの語があって、精密に適切に微妙な使い分けを区別する。「正しい」と「正確な」も同じである。

　　　正確　　正常　　正当　　公正　　方正　　厳正　　真正　　詳正
　　　端正

とさまざまな区別があるのに、和語は「正しい」の一語でいろいろな意味を兼ねてしまう。こうした性質の違いからか、和語の「正しい」は抽象的な事柄の判断を表し、漢語の「正確な」は具体的な事物や事柄の判断を表す。

⒉ 「大きな」と「大きい」

　　　⎰ 大きな手
　　　⎱ 大きい手

「大きな」も「大きい」も物の形や量・事柄の度合が標準や比較するものより上回る意を表す点で共通している。

　古く奈良時代には、「大」は数量的に多い意味の「多い」と同じ語形で「おほし」と表現していた。似た意味を持つ二つの言葉が同じ語形では紛らわしいので、やがて平安時代になると、和文系では「大し」は「おほきなり」の形で、「多し」は「おほかり」の形で区別するようになった。この「大きなり」から「大きな」「大きい」の形が生まれた。

「大きな」は「大きなり」の連体形「大きなる」の形で平安時代の和文で姿をあらわす。

　　　　武蔵のくにとしもつふさのくにとの中におほきなる河あり（伊勢物語）

　　　　大きなる桂の木の追風に（源氏物語）

　このように文章語として発達した「大きな」は、現代でも古い言葉を残す詩や歌・また教科書・新聞のように説明文の多い文章で多く使われている。だから「大きな責任」「大きな問題」「大きな希望」「大きな事件」「大きな原因」など抽

象的な意味を表す場合は、「大きい」ではなく「大きな」で表すのが一般である。

　これに対して「大きい」は、室町時代に口語として登場した言葉なので、文章語として使うよりも日常会話やくだけた表現あるいは親しみをもって、また身近なものと受けとめて表現するときに使う傾向が強い。

　かといって、書き手（話し手）の癖や好みによって、「大きな」を使うこともあれば「大きい」を使うこともある。前後の文脈や場面によっても「大きな」を使うこともあれば「大きい」を使うこともある。

　概して、あらたまった口調には「大きな」を、くだけた口調には「大きい」を使う割合が高い。会話でも大袈裟な表現、また尊大語の表現には「大きな」を使うこともある。それは古い一種の慣用的な表現のせいかもしれない。

　　　　大きなことばっかり言って　　大きな面(ツラ)するな

⑳　「遠い○」と「遠くの○」

$$\left\{ \begin{array}{l} 遠い家 \\ 遠くの家 \end{array} \right. \qquad \left\{ \begin{array}{l} 近い家 \\ 近くの家 \end{array} \right.$$

「遠い家」「近い家」といった場合の「遠い」「近い」は形容詞だが空間の距離を表す場合はこのままの形では使えない。前に場所を示す言葉を置いて「駅に遠い家」「海に近い家」のように表す。時間的距離や血縁を表す場合は「遠い昔」「近い将来」「遠い親戚」のように、このままの形で語頭に立つこともできる。述語に使う場合は他の形容詞と同じように自由に使うことができる。

　　　　耳が遠い　　気が遠い　　駅が近い　　席が近い

　これに対して、「遠くの家」「近くの家」の「遠く」「近く」は名詞扱いで、「の」助詞が存在するものと存在場所を関係づける役目をし、語頭に使うことができる。

　　　　遠くの山　　近くの港　　遠くの島　　近くの村

尚、「遠い親戚」は血縁（姻戚も含む）を表し、「遠くの親戚」は遠くに住んでいる、遠くに住まいがある親戚の意で場所の距離を表している。

⑵⑺ 「が～たい」と「を～たい」

> 水が飲みたい
> 水を飲みたい

「が～たい」「を～たい」の形は両方とも古くから存在するが、「飲む」「食べる」のような人間の本能的欲求は「が～たい」で表すのが自然である。

　　　　菊人形が見たい　　　いい着物が着たい　　　話がしたい　　　秘密が知りたい
　　　　西洋料理が食べたい　　　酒が飲みたい

など、「が～たい」の形は、「動物＋たい」の表す内容が他に働きかけたり他に影響を及ぼすものではなく、自分だけが心に持つ希求の状態である。そして、対象に対して瞬間的に湧き起こる心の欲求を示している。文末の欲求表現は「が～たい」の形で表すのがふつうで、「水が飲みたい」「着物が着たい」など、全体が一語のように働く。また、「ああ、水が飲みたい」のように感動詞と共に用いるのも「が～たい」の形である。

　これに対して、「を～たい」の形は本能的な欲求ではなく、一度考え、対象を意識してから表現する願望である。だから、「～と思う」「～と言う」のような引用句の中、理由を表す名詞句の中、「～たいが」「～たいけれど」のような条件句の中で使うことが多い。

　　　　きれいな花を飾りたいと思う。
　　　　鯉をさしあげたいと言った。
　　　　大きな凧を作ってみたいのです。
　　　　世話をしてあげたいのだけれど、遠いのでなかなか伺えない。

こうしてみると、「水が飲みたい」は全体で一語のように働き、本能的欲求を

表し、「水を飲みたい」は「水を飲みたいから持ってきて下さい」「水を飲みたいと思う」「水を飲みたいのだが一杯くれないか」のように理由の説明、引用句、条件句の中で用いられる表現と言えよう。文末で自然な欲求を表す場合は「水が飲みたい」を使うのが一般である。国立国語研究所の「語形確定のための基礎調査」によっても「水が飲みたい」を支持する人が多かったと報告されている。

⑳ 「ときに」「うちに」「あいだに」「ところに」

　　寝ているときに
　　寝ているうちに
　　寝ているあいだに
　　寝ているところに

　これら四つの用法は大変よく似ている。それは、「ときに」「うちに」「あいだに」「ところに」がそれぞれ形式名詞「とき」「うち」「あいだ」「ところ」に助詞の「に」が融合して出来た一種の接続助詞的な用法を示しているからだろう。この四つの用法のうち「ところに」は「時」に関係なく、場所や状態を表し、「ときに」「うちに」「あいだに」はそれぞれ違った用法で「時」を表している。

　△　ときに

　「ときに」は「いつからいつまで」といった時の範囲・時の幅は問題にしない。「ときに」で示す事柄の「時」だけを指定し、過去・現在・未来のどんなときにも使うことができる。

　　　寝るときに電気を消しておいて下さい。

　　　食べているときに人が訪ねてきた。

　　　道で会ったときにニヤッと笑った。

　　　ビールは暑いときによく売れる。

　△　うちに

「うちに」は「時」の範囲以内を表す場合と動作・作用の進行過程を表す場合の2種類の用法がある。

① 「時」の範囲以内を表す

「うちに」は「いつまで」以内の範囲を示すが、「いつから」の「時」は問題にしない。

　　　子どもが寝ているうちに掃除しよう。

　　　雨が降らないうちに出かけよう。

　この用法は前項の主語と後項の主語が異なる。（前項の主語は「子どもが」「雨が」で、後項の主語は「私は」である。）

② 動作・作用の進行過程を表す

　　　歩いているうちに足が痛くなった。

　　　考えているうちに思い出した。

　この文は「いつまで」と「時」の範囲を限定するのではなく、「〜ているうちにだんだん」と徐々に進行していく過程を表している。この用法の場合は前項と後項の主語が共有する。「歩いている」「考えている」の主語と「痛くなった」「思い出した」の主語は同じである。

　このように「うちに」は現在の状態から次の状態に変わる境目に視点を当て次に変化する状態の前までの「時」を限定する。だから次の変化を予想して「〜ないうちに」と次の変化が起きない前までという打消の表現が成立する。「子どもが寝ているうちに」は「子どもが起きないうちに」と言いかえることもできる。

　△ あいだに

「あいだに」は「いつからいつまで」といった「時」の範囲を限定する。

　　　子どもが寝ているあいだに掃除しよう。

　この文を「子どもが寝ているうちに掃除しよう」と「うちに」を使った文と比べてみる。

「あいだに」は客観的に「時」の範囲をとらえ、寝始めてから起きる前までの「時」の範囲を表している。「うちに」のように、次に起きる、今と違った状態を予想する意味はないので、「子どもが起きないあいだに」という表現は成り立たない。「うちに」は、寝始めは問題にしないが、現在寝ている状態から次の状態に変化する「時」を問題にしている。だから、「子どもが寝ているうちに」とも「子どもが起きないうちに」とも言うことができる。「あいだ」よりも「うちに」の方が主観的な気持ちが含まれ、次の変化が起きたらどうしよう、早くその前に、といった気持ちの急（せ）く意味が含まれている。

　　　温かいうちに召し上がれ
　と言っても、
　　　温かいあいだに召し上がれ
とは言わない。「温かいうちに」は「冷めないうちに」の気持ちが含まれている。

△　ところに
「ところに」の「ところ」は場所や状態を表す。
　　　病気で寝ているところに人が訪ねてきた
　この文は過去でも未来でもなく、現在の状態を表している。現在という「時」は「ている」の形で表され、「ところに」に「時」の意味はない。「ところに」は前項で表す状況・状態・場面に、新しい別の状況・状態・場面を加える働きをする。
　　　うさぎが寝ているところに、不意に狼が現れた。

「ときに」「うちに」「あいだに」は前項と後項が別の主語で表される場合、前項の場面と後項の場面は別々の状況を表す。
　　　子供が寝ているときに掃除をした。

子供が寝ているうちに掃除をした。

　　子どもが寝ているあいだに掃除をした。

　前項の「子どもが寝ている」という場面と「掃除をした」という場面は別の事柄である。これに対して、

　　子どもが寝ているところにハトが飛んできた。

　と、「ところ」を使うと前項の場面（子どもが寝ている）に後項の場面（ハトが飛んできた）が加わって、一つの新しい場面ができる。

〔7〕 異字同訓の漢字の書き分けと意味の区別

① あう

合う（ぴったりする　一致する　一緒になる）

　　計算が合う　目が合う　気が合う　話が合う　服が体に合う
　　駅で落ち合う　割に合わない仕事

会う（人と人とが顔をあわせる＝対面する　集まりあう）

　　客と会う時刻　人に会いに行く　友達に会う

遭う（思いがけないことに偶然であう）

　　災難に遭う　交通事故に遭う　にわか雨に遭う　暴風に遭う　野
　　党の強い反対に遭う　こわい目（ひどい目）に遭う

② あがる・あげる

上がる・上げる（「上」は、物が下敷きの上にのっていることを示す指示文字
で、「うえ」「うえにのる」意を表す。「下」の字の反対の形。「上の方へ移す・
移る」「上の位置に移す・移る」の意で大変広い範囲に使われる。

　　△　下から上への移動・低から高への移動の意

　　階段をあがる　座敷に上がる　陸に上がる　足を上げる　物価が
　　上がる　腕が上がる　地位が上がる　プールから上がる　スピー
　　ドが上がる　試験に上がる（気持ちが高まる・血が頭へ上がる）　血
　　圧が上がる　利益が上がる　気温が上がる

　　△　事物の終了・完了

　　雨が上がる　仕事が上がる　乳が上がる　双六で上がる　会費を

　　　　１万円で上げる　　仕上がる　　刷り上がる

　△　敬語

　　　　召し上がる　　お茶を上がる　　これからお宅へ上がります　　あした、

　　　お届けに上がります

揚がる・揚げる（高く上へ移動する）

　　　　花火が揚がる　　歓声が揚がる　　たこを揚げる　　船荷を揚げる　　旗

　　　を揚げる　　揚げひばり　　てんぷらを揚げる　　フライを揚げる　　海

　　　外から引き揚げる

挙がる・挙げる（よく見えるようになる〈見えるようにする〉。人に知られる

ようになる〈知られるようにする〉。全てを出しつくす）

　　　　手を挙げる　　名を挙げる　　例を挙げる　　犯人を挙げる　　証拠が挙

　　　がる　　候補者の名前が挙がる　　結婚式を挙げる　　勝ち星を挙げる

　　　全力を挙げる　　国を挙げて

③　あく・あける

明く・明ける（明るくなる　　はっきりする）

　　　　背の明いた服　　目明き千人　　夜が明ける　　夜を明かす　　らちが明

　　　く　　年期（休暇・年）が明ける　　打ち明ける

空く・空ける（からになる　　からにする）

　　　　席が空く　　空き箱　　家を空ける　　時間を空ける　　手を空ける

　　　行間を空ける　　社長のポストが空く　　空き巣　　穴が空く

開く・開ける（閉じているものを除いてすき間を作る）

　　　　幕が開く　　開いた口がふさがらない　　店を開ける　　窓を開ける

　　　ふすまを開ける　　カーテンを開ける　　戸を開ける

　㊟　「窓が開いている」「カギを開ける」は、また「窓が明いている」「カギを明ける」

とも書く。「穴が空く」「席を空ける」は「穴が明く」「席を明ける」とも書く。「開」と「明」・「空」と「明」の書き分けは一定していない。それは旧「当用漢字音訓表」（昭和23年内閣告示）の「開」と「空」の漢字に「あく・あける」の訓が掲載されなかったからかもしれない。訓の表示がない場合は、仮名で書くか別の字を当てる。つまり、「明く・明ける」に書き換えを行った結果、「開」と「明」・「空」と「明」の書き分けがはっきりせず両用行われるようになってしまったのだろう。

④　あし

足（主に人間や動物のあし、また、それに準ずるもの）

　　　足の裏　　　手足　　　足しげく通う　　　客足

脚（人間や動物以外の物体を支えるもの、またそれに準ずるもの。但し、「足」を使ってもよい）

　　　机の脚（足）　　　えり脚（足）　　　船脚（足）

　㊟　昭和56年の「新聞用語集」による「足」と「脚」の区別
　　　あし＝足〔一般用語〕　　足跡、足音、足掛かり、足がつく、足が速い、足癖、足代、足手まとい、足止め、足並み、足踏み、足を洗う、足を出す、足を棒にする、後足で砂を掛ける〈比喩的に使う場合に〉、勇み足、襟足、客足、球足が速い、逃げ足、抜き足、差し足
　　　あし＝脚〔主として脚部〕　　脚長バチ、脚の線が美しい、雨脚、後ろ脚、追い込み脚〈競馬〉、差し脚〈競馬〉、末脚〈競馬〉、机の脚、橋の脚、日脚、船脚

⑤　あたい

価（ねだん、代金）

　　　価が高くて買えない　　　商品に価を付ける

値（ねうち、数学上の用語）

　　　そのものの持つ値　　　未知数 x の値を求める　　　称賛に値する

⑥　あたたかい・あたたかだ・あたたまる・あたためる

暖かい・暖かだ・暖まる・暖める　（「寒い」に対立する語で、気温に使うこと
が多い。温度が快く高い意、更にそこからの比喩的表現）

　　暖かい日差し　　暖かい光　　温かい春　　暖かなセーター　　暖まった
　　空気　　室内を暖める　　暖かい心　　暖かい色　　ふところが暖かい

温かい・温かだ・温まる・温める　（「冷たい」に対立する語で、主として水温
・湯温・体温が標準より高い意、更にそこからの比喩的表現）

　　温かい冬の井戸水　　温かい料理　　スープを温める　　手足が温かい
　　温かな家庭　　心温まる話

　㊟　国語で「暖」と「温」を書き分ける場合、気温・水温・湯温・体温の意の場合は
　　　区別がはっきりしている。しかし、その比喩的表現になると紛らわしい場合が多い。
　　　「暖かい心」を「温かい心」とも書けば、「温かな家庭」を「暖かな家庭」とも書く。

⑦　あたる・あてる

当たる・当てる（ぶつかる〈ぶつける〉　触れる〈触れさせる〉　その他）

　a　ぶつかる〈ぶつける〉　触れる〈触れさせる〉　受ける〈受けさせる〉
　　　ボールが足に当たる　　ボールにバットを当てる　　日が当たる　　スポ
　　　ットライトを当てる　　風に当たって酔いをさます　　雨風に当てないよ
　　　うにする　　継ぎの当たった服　　胸に手を当てる　　火に当たる　　火
　　　に当てる

　b　ねらったとおり、予想どおりになる（する）
　　　矢が的に当たる　　株を当てる　　天気予報が当たる　　クイズの答えを
　　　当てる　　宝くじが当たる　　アイディア商品で当てる　　今度の仕事は
　　　当たった　　言い当てる　　当て外れ

c　直接に関係のない周囲の者に、悪い態度で接する

　　嫁につらく当たる　　親に当たりちらす

d　害を身に受ける

　　罰が当たる　　フグの毒に当たる　　暑気に当たる

e　確かめる対象に向かう

　　辞典に当たって調べる　　原文に当たってみよう　　電話で当たって聞い

　　てみる　　安くしてくれないか当たってみる　　本人に当たって聞いて下

　　さい

f　対応する　相当する

　　フランス語のムッシュは英語のミスターに当たる　　彼は母方の遠縁に当

　　たる　　いくら安くても交通費をかけてまで買いに行くには当たらない

　　富士山は本州の中心に当たる　　そういう言い方は失礼に当たる

g　名ざしする　相手に向ける

　　役所に当てて手紙を出す　　生徒に当てて答えさせる

充たる・充てる（割り振る　嵌まる〈嵌める〉）（「当」の字を使っても差し支
えない）

　　教育費に充（当）てる　　掃除当番に充（当）たる　　主役に充（当）た

　　る　　役員に充（当）てる　　外交官の任に充（当）たる　　緊急の用に

　　充（当）てる　　役に充（当）たる　　漢字を充（当）てて書く

㊟　「あたる・あてる」は「当・充」のほかに「中・宛」の字を使うこともある。し
　　かし、現行の常用漢字表（昭和56年内閣告示）では、「中」の字に「あたる・あて
　　る」の訓が掲げられていない。また、「宛」は字そのものが掲げられていない。と
　　いっても、郵便物や宅急便などでは、宛名・宛先と「宛」の字を使うこともある。

⑧　あつい

暑い（気温が標準より高い）

　　今年の夏はいつもの年より暑い　　部屋の中が暑い　　暑がり屋

熱い（水温・湯温・体温が標準より高い。更にその比喩的表現）

　　熱い湯　　熱いお茶　　体が熱い　　頭が熱い　　音楽に寄せる熱い思い

　　熱い二人の仲

厚い（幅や奥行や高さなどが大きい。更にその比喩的表現）

　　厚い本　　厚い紙　　厚い板　　厚い布地　　厚い壁で隔てる　　支持者

　　の層が厚い

　　㊟　「あつい」に「篤い」の字を使うこともあるが、現行の常用漢字表（昭和56年内
　　　　閣告示）では「篤」の字に「あつい」の訓は掲げられていない。

⑨　あと

跡（以前に行われたしるし、また存在したしるし）

　　足跡　　筆の跡　　苦心の跡が見える　　容疑者の跡を追う　　跡目を継

　　ぐ

後（人や場所・位置などのうしろ。時間的に「のち」の意。のちのものやこ

と）

　　母の後を慕う　　後から行く　　後になり先になり　　後を頼んで行く

　　後のまつり　　父の死後、半年あとに母も亡くなった　　後を弔う　　後

　　が絶える

　　㊟　「傷のあと」のような使い方のときには「痕」の字を使うこともある。しかし、
　　　　現行の常用漢字表（昭和56年内閣告示）には「痕」の字は掲げられていない。

⑩ **あぶら**

油（植物や鉱物から取った常温で水に溶けない液体）

　　油を流したような海面　　ごまの油で揚げる　　水と油　　火に油を注ぐ

脂（動物や植物の体の中に含まれている、常温で水に溶けない固体）

　　牛肉の脂　　手の脂　　脂ぎった顔　　脂がのる年ごろ

⑪ **あやまる**

誤る（正しいことからはずれる）

　　適用を誤る　　誤りを見付ける　　人生の道を誤る　　進路を誤る

謝る（悪かったと思ってわびる）

　　謝って済ます　　手落ちを謝る

⑫ **あらい**

荒い（勢いがはげしく乱暴なようす）

　　波が荒い　　気が荒い　　金遣いが荒い　　鼻息が荒い

粗い（細かくない。大ざっぱ）

　　網の目が粗い　　きめが粗い　　仕事が粗い　　粒が粗い

⑬ **あらわす・あらわれる**

表す・表れる（心の中にあることを文字や言葉、表情、色、絵画、音楽などの手段によって示す。今まで無かったもの、隠れているものを見えるようにする）

　　言葉に表す　　赤は危険を表す　　喜びの表れ　　悲しみが曲に表れている

現す・現れる（今まで無かったもの、隠れていたものを見えるようにする。生物やそれに準ずる動きをするものに使うことが多い）

　　姿を現す　　太陽が現れる　　怪獣が現れる

著す（書物を書いて世に出す）

　　書物を著す　　自叙伝を著す　　日本語の文法の本を著す

　㊟　「表す」と「現す」の使い分けは、はっきりしない場合がある。文脈によって異なり、一定しない面がある。また、「徳を世にあらわす」のような意味で使う場合は「顕す」と書くこともあるが現行の常用漢字表（昭和56年内閣告示）には「顕」の字はあっても「あらわす」の字訓は掲げられていない。

⑭　**あわせる**

合わせる（二つのものを一致させる　　ちょうど同じにそろえる　　一つに重ねる　　物と物をつり合うようにする）

　　手を合わせて拝む　　時計を合わせる　　調子を合わせる　　力を合わせる　　答えを合わせる　　体に合わせる

併せる（二つ以上のものを並べる　　両立させる　　一緒にする）

　　二つの会社を併せる　　両者を併せて考える　　併せて健康を祈る

⑮　**いたむ・いためる**

痛む・痛める（主に肉体的、精神的な痛みに使う）

　　足が痛む　　腰を痛める　　心が痛む　　歯が痛む

傷む・傷める（主に野菜、魚肉、果物などがくさる。器物、建物、家具などにきずがつくときに使う）

　　家が傷む　　傷んだ果物　　建物を傷める

悼む（人の死を嘆き悲しむ）

死を悼む　　故人を悼む

⑯　いる

入る（特定の範囲、場所、気持ちに移る。「はいる」の文語的な言い方で慣用
的な言い回しに使われている）

　　念の入った話　　気に入る　　仲間入り　　恐れ入る
要る（それがなくてはならない。必要）

　　金が要る　　保証人が要る　　親の承諾が要る　　何も要らない

⑰　うける

受ける（他から来るものや与えられるものを取る。また、それに応じる。他か
ら働きをこうむる）

　　ボールを受ける　　賞を受ける　　この世に生を受ける　　相談を受ける

　　試験を受ける　　命令を受ける　　攻撃を受ける　　教育を受ける
請ける（注文に応じる）

　　請け負う　　下請け　　注文を請ける

　　㊟　このほか、「引き継ぐ」の意に「承ける」の字を当てることもあるが、現行の常
　　　　用漢字表（昭和56年内閣告示）には「承」の字に「うけたまわる」の字訓は掲げら
　　　　れていても、「うける」の字訓は掲げられていない。

⑱　うつ

打つ（広く「ぶつける」の意。更にそこからの比喩的表現）

　　くぎを打つ　　手を打つ　　鐘を打つ　　碁を打つ　　注射を打つ　　そ
　　ばを打つ　　電報を打つ　　番号を打つ　　水を打つ　　網を打つ　　心
　　を打つ　　胸を打つ　　寝返りを打つ　　芝居を打つ

討つ（敵を倒す）

　　敵を討つ　　賊を討つ　　義士の討ち入り　　相手を討ち取る

撃つ（弾を発砲して当てる）

　　鉄砲を撃つ　　いのししを猟銃で撃つ

⑲　うつす・うつる

写す・写る（事物を似せたり、またはその通りに表す〈表れる〉）

　　書類を写す　　写真を写す　　風景を文章に写す　　写真の中央に写って
　　いる人

映す・映る（物の影・光などが他の表面に現れる〈現す〉。更にその比喩的表
現）

　　幻燈を映す　　スクリーンに映す　　壁に影が映る　　鏡に姿が映る
　　着物がよく映る

⑳　うむ・うまれる

生む・生まれる（今までなかったものを作り出す。誕生）

　　新記録を生む　　傑作を生む　　下町生まれ　　京都に生まれる

産む・産まれる（子や卵を母体から外に出す〈外に出る〉）

　　卵を産み付ける　　産みの苦しみ　　産み月　　予定日が来てもなかなか
　　産まれない

　㊟　どこで生まれたか、いつ生まれたか、だれから生まれたかのような使い方には
　　「生」の字を使う。実際に子を産む、排卵、産卵、出産の意を表す場合は「産」の
　　字を当てるのが一般である。

㉑　うれい・うれえ

憂い・憂え（何かよくないこと、起きてほしくないことなどが、起きないかと心配する）

　　　後顧の憂い（え）　　災害を招く憂い（え）がある　　　憂い顔

愁い（思い悩む、心がふさぎ心細いような気持ちになる）

　　　春の愁い　　愁いに沈む　　愁い顔

　㊟　現行の常用漢字表（昭和56年内閣告示）では、「憂」には、字音に「ユゥ」、字訓に「うれえる・うれい・うい」が、「愁」には、字音に「シュゥ」、字訓に「うれえる・うれい」が掲げられている。

㉒　える

得る（自分のものにする。手に入れる）

　　　勝利を得る　　許可を得る　　得物を振り回す

獲る（猟をして手に入れる）

　　　獲物をねらう

　㊟　「得る」には、「できる」の意の打消の形「ありえない」の表現もある。また、文語の「得（う）る」は慣用的な言い回しの中で今も使われている。

　　　考え得（う）る　　あり得（う）る　　でき得（う）る　　できうれば

㉓　おかす

犯す（してはならないことをする。法律・規則・道徳の定めを破る）

　　　過ちを犯す　　法を犯す　　罪を犯す　　婦女を犯す

侵す（権利・権限・他人あるいは他国の土地に不法に立ち入る）

　　　権利を侵（犯）す　　国境を侵（犯）す

冒す（かまわず目的を達しようとする。してはいけないこと、困難なことをあえてする。侵入して害を与える）

　　危険を冒す　　激しい雨を冒して行く　　結核菌が肺を冒す

㉔　**おくる**

送る（人・物・時の一方から他方への移行を表す）

　　荷物を送る　　卒業生を送る　　駅まで送る　　静かな日々を送る

贈る（相手に物を差し上げる＝プレゼント。官位・称号などを与える）

　　お祝いの品を贈る　　感謝状を贈る　　故人に位を贈る

㉕　**おくれる**

遅れる（速度・時・程度などが遅い）

　　完成が遅れる　　列車が遅れる　　会合に遅れる　　開花が遅れる

後れる（人・物・事・気持ちなどが他の進み方から取り残される）

　　気後れする　　人に後れをとる　　後れ毛　　勉強が後れる　　流行に後れる　　妻に後れて悲しむ

㉖　**おこす・おこる**

起こす（静的な状態を動的な状態にする）

　　a　目をさまさせる

　　朝早く起こす　　夜中に起こす　　子供を起こす

　　b　横になっているものを立たせる

　　体を起こす

　　c　静かな自然界を動かす

　　土を起こす　　畑を起こす　　岩を起こす　　波を起こす　　風を起こす

d　表を出す
　　　　花札を起こす　　カードを起こす
　　e　物事を始める
　　　　訴訟を起こす　　筆を起こす
　　f　発生させる
　　　　事件を起こす　　腰痛を起こす　　やけを起こす　　電気を起こす　　や
　　　る気を起こす

起こる（物事が始まったり、生じたりする）
　　　　事件が起こる　　持病が起こる　　発作が起こる　　物事の起こり　　火
　　　事が起こった　　戦争が起こる
　　㊟　近頃は、「起こる」を「起きる」と言う傾向が強い。

興す（勢いをつけ、盛んな状態にする）
　　　　勇気を興す　　国を興す　　産業を興す　　事業を興す
　　㊟　「事業をおこす」は「起」も「興」も使う。また、「炭火をおこす」は一般に
　　　「熾」の字を使っているが、「熾」の字は現行の常用漢字表（昭和56年内閣告示）に
　　　は字そのものが掲げられていない。

興る（勢いが盛んになる）
　　　　国が興る
　　㊟　「火が炭にうつってさかんに燃える」意の「炭火がおこる」は「熾る」の字を使
　　　うのが一般であるが、「熾」の字は現行の常用漢字表（昭和56年内閣告示）には字
　　　そのものが掲げられていない。

㉗　おさえる
押さえる（対象に直接、力を加え、動いたり、ふき出したり、逃げたり、なく
なったりしないようにする）

紙の端を押さえる　　指で押さえる　　手で押さえる　　手足を押さえる
傷口を押さえる　　両手で耳を押さえる　　証拠を押さえる　　差し押さ
える　　財産を押さえる

抑える（対象に間接的に力を加え、人・物・事・気持ちなどの上がってこよう
とするものを上がってこないようにする）

物価の上昇を抑える　　要求を抑える　　怒りを抑える　　感情を抑える
笑いを抑える　　涙を抑える　　病気の悪化を抑える　　発言を抑える
熱を薬で抑える　　競争相手を抑えて当選する

㉘　おさまる・おさめる

収まる・収める（内側に立って取り入れる）

　a　元どおりの安定した状態になる（状態にする）

　争いが収まる　　二人の仲が収まる　　ストライキが収まる　　雷鳴が収
　まる　　風が収まる　　痛みが収まる　　腹の虫が収まらない　　紛争を
　収める　　混乱を収める

　b　ある限度に入る

　文章がきちんと原稿用紙に収まる

　c　物の中にきちんと入る（入れる）

　うまく箱の中に収まる　　財布に収める　　博物館に収める　　目録に収
　める　　ビデオテープに収める

　d　取って自分のものにする。手に入れる。

　勝ちを収める　　成果（成功）を収める　　利益（支配権）を収める
　薬が効果を収める

納まる・納める（外側に立って入れる）

　e　金や物品を支払うべきところへ、支払ったり引き渡したりする

授業料を納める　　　税金を納める　　　注文の品を納める

　f　　物をきちんと中にしまう。かたづく（かたづける）

　　　書類を金庫に納める　　　元のサヤに納まる　　　悲しみを胸の中に納める

　g　　ある地位や境遇に満足して落ち着く

　　　社長のポストを譲って、自分は会長に納まる　　　重役に納まる

　h　　今まで続けてきたものを、それでおしまいにする

　　　歌い納める　　　飲み納め　　　舞い納め　　　食い納め

　㊟　「収」と「納」の書き分けは、必ずしも統一されたものではない。特に「ｃ」の「物の中にきちんと入る〈入れる〉」と「ｆ」の「物をきちんと中にしまう、かたづく〈かたづける〉」の意の場合は、「収」とも書けば、「納」とも書く。

治まる・治める（乱れたり、具合が悪くなったりしている状態が安定した状態になる〈する〉）

　　　国内がよく治まる　　　痛みが治まる　　　領地を治める　　　争いが治まる

　　　インフレが治まる　　　腹の虫が治まらない　　　動揺する心を治める

修まる・修める（行いがよくなる。学問・技芸などを身につける）

　　　身持ちが修まらない　　　学を修める　　　学業を修める

㉙　おす

押す（力を加える。また、その比喩的表現）

　　　ベルを押す　　　扉を押して開ける　　　花を押す（おし花）　　　はんこを押す　　　焼印を押す　　　箔を押す　　　念を押す　　　横車を押す　　　韻を押す（漢詩）　　　勢いに押される　　　押しつけがましい

推す（勧める。おしはかる）

　　　自治会長に推す　　　初心者向けに、この本を推そう　　　推して知るべし

　㊟　重みを加えて押さえつけるような意味のときは、「圧」を使うこともある。しか

し、現行の常用漢字表（昭和56年内閣告示）には、「圧」の字に「おす」の訓は掲げられていない。また、「はんこを押す」は「はんこを捺す」とも書く。しかし、「捺」は字そのものが常用漢字表に掲げられていない。

㉚ **おどる**

踊る（手足・体を動かして、リズムに合わせて動作する。人にあやつられて行動する）

　　リズムに乗って踊る　　盆踊り　　踊り子　　踊らせて動く　　スパイとして踊らされる

躍る（とびあがる、はねあがる。どきどきする、わくわくする）

　　馬が躍り上がる　　小躍りして喜ぶ　　胸が躍る

㉛ **おもて**

表（裏に対する正式の面<ruby>面<rt>めん</rt></ruby>。内・中・奥・陰に対する外の見える<ruby>面<rt>めん</rt></ruby>また<ruby>外<rt>そと</rt></ruby>そのもの。<ruby>後<rt>あと</rt></ruby>に対する<ruby>先<rt>さき</rt></ruby>の順番）

　　紙（布）の表　　畳の表　　表通り　　表玄関　　顔色を表に出す　　表に立って働く　　表向き　　表沙汰　　表で遊ぶ　　表に人の声がする　　8回の表の攻撃

面（かお、顔面。仮面）

　　面を上げる　　面を伏せる　　面も振らずまっしぐらに　　水の面　　矢面に立つ　　能の面

㉜ **おりる・おろす**

降りる・降ろす（高から低への移動を表す）

　　電車を降りる　　高所から飛び降りる　　月面に降り立つ　　霜が降りる

　　　　次の駅で降ろして下さい　　　主役から降ろされる　　　役職から降ろされた

下りる・下ろす（上から下への移動を表す）

　　　　幕が下りる　　　錠が下りる　　　許可が下りる　　　年金が下りる　　　吹き下

　　　ろし　　枝を下ろす　　　貯金を下ろす　　　髪を下ろす　　　子を下ろす（妊

　　　娠中絶）　　魚を三枚に下ろす　　　新しく靴を下ろして履く

卸す（主に商品を問屋が小売り商に売り渡す意に使う）

　　　　品物を卸す　　　卸し売り

　㊟　「降りる・降ろす」と「下りる・下ろす」はどちらも「高・上」から「低・下」

　　　への移動を表し、その書き分けは必ずしも一定していない。「降」は左の偏「阝」

　　　が「山・山腹」を表し、右の旁「夅」が左右の足が下を向いている形を表し、全体

　　　で山道を「おりる・くだる」意を表している会意あるいは形声文字と言われている。

　　　これに対して、「下」は⌒で上⌣の逆の形。横線は水準で、「下」はそれより低い方

　　　を示す指事文字である。このような字義と用例から判断すると、「降りる・降ろす」

　　　は主に人の移動に、「下りる」「下ろす」は事物の移動に使うことが多い。「霜が降

　　　りる」の場合は、現代「おりる」と表現しているが、昔は「置く」「降る」と言っ

　　　た。昔の人は雨や雪と同じように霜も「降る」ものと考えていたのだろう。その連

　　　想からか、「おりる」と表現するようになったときも「降」の字を当てたのではな

　　　いかと思う。

　㉝　かえす・かえる

返す・返る（人・事・物がもとの（本来の）場所や状態に移動しておさめる

〈さまる〉）

　　　　本を返す　　　借金を返す　　　恩を返す　　　白紙に返す　　　正気に返る

　　　　野生に返る　　　返り咲き　　　跳ね返る　　　振り返る　　　宙返り

帰す・帰る（人が本来居る所、または居た所に戻る〈戻す〉）

　　　　親元へ帰す　　　家に帰す　　　故郷へ帰る　　　国に帰る　　　帰らぬ人となる

　㊟　この他にも「かえる」の訓をもつ字はたくさんあるが、同じような意味を表す字

143

に、「還」がある。ぐるりと一回りする意の会意・形声文字で「初心に還る」「生きて還る」「俗に還る」のような使い方をする。一般に今も「還」の字を使う人も多いが、現行の常用漢字表（昭和56年内閣告示）には「還」の字に「カン」の音はあっても「かえる」の訓は掲げられていない。

㉞　**かえりみる**

顧みる（ふり向いて後ろの方を見る。過去をふりかえる。他人のことを気にかけて心を配る）

　　後ろの席を顧みる　　昔のことを顧みる　　過去を顧みる　　半生を顧みる　　歴史を顧みる　　人を顧みるゆとりもない

省みる（もとに立ちかえって見る。反省する）

　　自らを省みる　　自分の行いを省みる　　心に省みる　　省みて恥じるところがない　　日に3度省みる

㉟　**かえる・かわる**

変える・変わる（前と違った状態にする〈状態になる〉。普通と異なる）

　　形を変える　　顔色を変える　　観点を変える　　心を変える　　予定を変える　　調子を変える　　位置を変える　　声が変わる　　年が変わる　　色が変わる　　住所が変わる　　名前が変わる　　表札が変わる　　季節が変わる　　変わった話　　変わった性質　　変わったデザイン　　変わり種

換える・換わる（あるものを退けて、別のものにとりかえる。あるものが退いて別のものが来る）

　　部屋の空気を入れ換える　　物を金に換える　　名義を書き換える　　車を乗り換える　　金に換わる　　電池を換える

替える・替わる（あるものを退けて、別のものにとりかえる。あるものが退いて別のものが来る）

　　振り替える　　替え地　　替え歌　　替え着　　替え玉　　社長が替わる

　　主役が替わる　　大臣が替わる　　入れ替わる

代える・代わる（他のものの役目をさせる〈する〉、代理させる〈する〉）

　　書面をもってあいさつに代える　　子供に代わって親が言う　　身代わりになる

㊟　「換」と「替」の書き分けは一定していない。「入れ換える・書き換える・乗り換える・金に換える・金に換わる・部品を換える・電池を換える」などを「入れ替える・書き替える・乗り替える・金に替える・金に替わる・部品を替える・電池を替える」とも書く。どちらを使っても差し支えない。但し、「振り替え・替え地・替え歌・替え着・替え玉」などは表記の慣用が固定していて「替」の字を当てるのが一般である。

㊱　かおる・かおり

薫る（よいにおいがする）

　　風薫る・　たちばな薫る朝風に

香り（よいにおいがする）

　　茶の香り　　香水の香りがただよう　　香りの高い花

㊟　「薫」と「香」の書き分けは一定していない。一般に「風薫る」を「風香る」とも書けば「茶の香り」を「茶の薫り」とも書く。しかし、現行の常用漢字表（昭和56年内閣告示）に従えば、「薫」には「かおり」の訓が掲げられていない。したがって「かおり」と名詞に使う場合は、「香り」と表記するのが正しいことになる。「かおる」と動詞に使う場合には、「薫」にも「香」にも「かおる」の訓が掲げられているのでどちらの漢字を使っても差し支えない。と言っても実際には「薫る」「香り」と区別して使っていることが多い。それは漢字の成り立ちに起因しているのかもしれない。

「薫」は「艹（草）」と「熏（煙が立ちこめる）」から成る会意形声文字で香り立ちこめる意を表す。「香」は「黍（きび）」と「甘」からなる会意文字で、口にふくんだときのこうばしい匂いの意を表す。それゆえ、「薫」は動詞に、「香」は名詞に使う傾向が強いのかも知れない。

㊲　かかる・かける

掛かる・掛ける（ぶらさがる・ぶらさげる。更に、そこからの比喩的表現）

掛かる

　a　ぶらさがる・とめられる・つるされる

　　柱に時計が掛かっている　　壁に額が掛かっている　　軒に風鈴が掛かっている

　b　とらえられる・ひっかかる

　　魚が網に掛かる　　凧が電線に掛かる　　わなに掛かる　　敵の手に掛かる　　ホックが掛からない　　カギが掛かる　　気に掛かる　　心に掛かる　　お目に掛かる　　人の口に掛かる　　子供に掛かったらたまらない

　㊟　これらは仮名書きにすることが多い。

　c　動作の力が及んでくる

　　電話が掛かる　　声が掛かる　　誘いが掛かる　　就職の口が掛かる　お座敷が掛かる　　疑いが掛かる

　㊟　これらは仮名書きにすることが多い。

　d　おおうような状態になる

　　雨が掛かる　　水が掛かる　　霧が掛かる　　霞が掛かる　　雲が掛かる　本にカバーが掛かっている　　くもの巣が掛かる

　㊟　これらは仮名書きにすることが多い。

　e　始まる・始める

① 始動する

ラジオが掛かる　　エンジンが掛かる　　ミシンが掛かる

② ことをを始める

仕事に掛かる　　作業に掛かる　　掃除に掛かる　　食事に掛かる　　準
備に掛かる

③ ある状態に入り始める

死に掛かる　　さし掛かる　　通り掛かる　　冬に掛かる　　夜に掛かる

㊟ これらは仮名書きにすることが多い。

f　時・金・労力などが費やされる

時間が掛かる　　金が掛かる　　旅費に10万円掛かる　　手間が掛かる
日数が掛かる　　経費が掛かる

㊟ これらは仮名書きにすることが多い。

g　更に力が加わる

磨きが掛かる　　気合いが掛かる　　馬力が掛かる

㊟ これらは仮名書きにすることが多い。

掛ける

a　ぶらさげる・とめる・置く

フックにコートを掛ける　　窓にカーテンを掛ける　　柱にカレンダーを
掛ける　　なべを火に掛ける　　いすに腰を掛ける　　眼鏡を掛ける
エプロンを掛ける

b　とらえる・ひっかける

わなに掛かる　　虫を網に掛ける　　ペテンに掛ける　　鎌を掛ける（本
心を探ろうと誘いの言動をする）　　足わざを掛ける　　機械に掛ける
ふるいに掛ける

c 動作の力を他に及ぼす

147

迷惑を掛ける　　電話を掛ける　　声を掛ける　　肩に手を掛ける　苦労
を掛ける

d　おおうような状態にする

水を掛ける　　マスクを掛ける　　布団を掛ける　　床にワックスを掛け
る　　魚に塩を掛ける　　本にカバーを掛ける

e　道具や機械を動かす

エンジンを掛ける　　ブレーキを掛ける　　ラジオを掛ける　　ミシンを
掛ける

f　時・金・労力などを費やす

時間を掛ける　　金を掛ける　　人手を掛ける　　税金を掛ける

g　更に力を加える

圧力を掛ける　　磨きを掛ける　　気合いを掛ける　　腕によりを掛ける
輪を掛ける（話を更に広げて大げさにする）

h　一方から他方にまたがる

春から夏に掛けて　　東京から横浜に掛けて　　はしごを掛ける　　ひも
を掛ける　　夕方から夜に掛けて　　たすきを掛ける　　輪を掛ける
帆を掛ける

i　交配する

豚と猪を掛ける　　秋田犬に柴犬を掛ける

j　数学用語

3に5を掛ける　　掛け算

懸かる・懸ける（遠く・高く物がかかる。心をかける。代償を目当てに心を寄
せる）

月が空の中央に懸かる　　東の空に虹が懸かる　　気に懸かる　　優勝が
懸かる　　命を懸ける　　星に願いを懸ける　　賞金を懸ける

架かる・架ける（組み立てたものを渡す）

　　橋が架かる　　橋を架ける　　電線を架ける　　ケーブルを架ける

係る（つながる・関係する）

　　本件に係る訴訟　　係り結び　　係員

　㊟　「病気や災難を身に受ける」意の場合は一般に「罹る（かかる）」と書き表すこと
　　が多い。しかし、現行の常用漢字表（昭和56年内閣告示）には、「罹」の字に「か
　　かる」の訓は掲げられていない。また、「物をつなぐ」意には「繋」の字を使って、
　　「船が繋る」と書き表すこともあるが、「繋」は字そのものが常用漢字表には載せら
　　れていない。

㊳　かげ

陰（光の当たらない所、人の見えない所、人に知られない所、かげからの人の
助け）

　　山の陰　　木の陰　　建物の陰　　陰の声　　陰で悪口を言う　　陰にな
　りひなたになり　　お陰でうまくいきました　　お陰でよく眠れました

影（光によって生ずるもの）

　a　物が光をさえぎったとき、その物のうしろにうつる黒い像

　　影法師　　影絵　　影踏み　　壁にうつる子供の影　　街路樹の枝葉が道
　　に影を落としている

　b　光の反射によって水面や鏡などにうつる姿や形

　　池にうつる松の影　　鏡にうつる人の影

　c　（日・月・星・灯火などの）風情のある光

　　春の日影うらうらと　　月影さやけく風も吹かぬ秋の夜半　　星影やさし
　　くまたたく美空

　d　表立たない姿や形

影武者　　うわさをすれば影とやら　　人の影もまばらだ　　見る影もな
い　　影も形もない　　影をひそめる

e　心に浮かぶ顔形や姿

母の面影　　昔の面影が残っている　　まぼろしの影を慕いて

f　暗い兆候

暗い影が見られる　　死の影がただよう　　日米間に影を落とす

㊟　「陰」はまた「蔭」と書くこともある。しかし、現行の常用漢字表（昭和56年内
閣告示）には「蔭」の字は掲げられていない。「蔭」は「艹」（草）と「陰」とで草
木の「かげ」、ひいて、かばう意を表す会意形声文字である。したがって、「おかげ
さまで助かりました」のような使い方の場合は「蔭」の字を使う人が多い。

㊴　かた

形（目で見たり、手で触ったときのかっこう。色には関係がない）

自由形　　三日月形　　星形　　波形　　袋形　　山形　　手形　　足形
を残す　　跡形もなく　　形見分け

型（個々のかたちのもとになるもの）

a　かたちを作り出すためのもの

鋳型　　型紙　　靴の型をとる　　型染め

b　武道・芸事・スポーツなどで規範となるかたち

踊りの型　　柔道の型　　剣道の型

c　慣例的なやり方

型にはまる　　型を破る　　型どおりのあいさつ

d　かたちの分類

大型の台風　　小型のテレビ　　出世型の人間　　新型の車　　血液型
紋切り型

この他、抵当や担保の意味で「その失言をかたにとる」「借金のかた」のような
使い方もあるが、この場合は一般に仮名書きにしている。

　　また、「かたち」と読む場合は、現行の常用漢字表（昭和56年内閣告示）に従え
ば、「形」に限られる。「型」の字訓は「かた」だけで「かたち」の訓は常用漢字表
には掲げられていない。

㊵　かたい

堅い（中が詰まっていて砕けにくい。精神的にもろいところがない）→㊠もろ
い

　　堅いパン　　堅い材木　　堅い炭　　堅いれんが　　堅い決意　　堅い職
　　業　　手堅い商売　　口が堅い　　義理堅い

固い（全体が強くて形が変わらない）→㊠ゆるい

　　固い地盤　　固く結ぶ　　固い握手　　固い結束　　固い友情　　頭が固
　　い　　財布のひもが固い　　固く信じる　　団結が固い

硬い（力を加えても形が変わらない）→㊠やわらかい

　　硬い石　　硬いボール　　硬い鉛筆　　硬い髪の毛　　硬い文章　　態度
　　が硬い　　表情が硬い

㊶　かわ

皮（動植物の表面をおおっているうすいもの。うわべ）

　　a　動物や植物の外側を包んでいる膜などの部分

　　獣の皮　　とらの皮　　木の皮　　りんごの皮　　みかんの皮

　　b　動物などの皮をはぎとったもの

　　毛皮

　　c　食べ物の中身を包んでいるもの

餃子の皮　　シュウマイの皮　　おまんじゅうの皮

d　物事の表面

化けの皮　　面の皮　　うits皮をひんむく

革（毛皮の毛をとってなめしたもの）

革のくつ　　カンガルーの革のベルト　　羊の革の手袋　　なめし革

㊟　「皮」は手（又）で獣の皮をはぎとるさまを表す会意文字。「革」は切り開いた動
物の体を張り延ばし、乾燥するさまで「かわ」の意を表す象形文字。「ふとんのか
わ」は「ふとんの皮」とも書くが、「ふとんの側」とも書く。

㊷　**かわく**

乾く（水分や湿気がなくなる）

洗濯物が乾く　　ペンキが乾く　　土が乾く　　乾いた空気　　乾いた風

渇く（水などがのみたくなる。うるおいがなくなり、うるおいお求める）

のどが渇く　　音楽に渇く　　女に渇く

㊸　**きく**

聞く（音が自然に耳に入ってくる）

物音を聞いた　　話し声を聞く　　うわさを聞く　　聞き流しにする

聴く（耳を傾け、注意を集中してきき取る）

音楽を聴く　　国民の声を聴く　　ラジオを聴く

㊟　「きき耳を立てる」「盗みぎき」「ききほれる」のような慣用的な言い回しには、
自然に入ってくる意ではなく、注意を集中して聞く意であるのにもかかわらず、
「聞く」を書くのが普通である。

㊹　きく

効く（作用・効果が現れる）

　　薬が効く　　宣伝が効く　　効き目がある　　ワイロが効く　　風邪に効
　　く　　夏バテに効く

利く（何かの力がよく働き動く）

　　左手が利く　　目が利く　　機転が利く　　腕が利く　　気が利く　　体
　　が利かない　　無理が利かない　　口を利く

㊺　きわまる・きわめる

窮まる・窮める（行きづまる　困り苦しむ　理をきわめる）

　　進退窮まる　　窮まりなき宇宙　　真理を窮（究）める

極まる・極める（物事の最上・最終までに至る。ぎりぎりのもうこれ以上はな
いという状態になる〈状態にする〉）。

　　不都合極まる言動　　山頂を極める　　栄華を極める　　見極める　　極
　　めて優秀な成績

究める（物事を最後のところまで深く研究する）

　　学問を究（窮）める

㊟　「進退窮まる」は「進退谷まる」と書くこともある。しかし、現行の常用漢字表
　　（昭和56年内閣告示）には「谷」に「きわまる」の訓は掲げられていない。
　　また、漢字の成り立ちから「窮」「極」「究」の字義を比較してみると、「窮」は穴
　　と躬（身体を曲げる）とで、体を曲げて入るせまい穴の意を表す会意形声文字。そ
　　こから「くるしむ・きわまる」の意に用いるようになる。「極」は木と音を表す亟
　　（きわまる意）とで、最も高いところの木、家の棟木（むなぎ）の意を表す形声文
　　字。そこから「最高、最上、きわめる」の意に用いるようになる。「究」は穴と九
　　（まがりくねる意）とで、まがりくねったせまい穴の意を表す会意形声文字。そこ

· 153

から「きわまる・きわめる」の意に用いるようになる。

㊻　くら

倉（元々は、屋根がなく、刈り取った五穀を置く所の意。物を入れておく建
物）

　　米倉　　穀倉　　倉敷料　　倉入れ（蔵入れ）　　倉だし（蔵出し）　　倉
　　渡し　　倉荷証券

蔵（元々は、草で囲んでおおいかくす意。物品の保存、保管のための建物）

　　蔵入れ（倉入れ）　　蔵出し（倉出し）　　蔵開き　　蔵米　　蔵屋敷
　　酒蔵　　蔵店（土蔵造りの店の意）　　蔵払い

　㊟　この他同じような意味を表す「庫」という漢字がある。これは「广」（建物の意）
　　　と車とで「兵車を入れる建物」の意を表す会意文字である。そこから、ひろく「く
　　　ら」の意を表すようになった。しかし、現行の常用漢字表（昭和56年内閣告示）に
　　　「くら」の訓は掲げられていない。一般に音読で「倉庫・車庫・文庫・宝庫・金庫
　　　・在庫・格納庫・冷蔵庫」などと使っている。

㊼　こえる・こす

越える・越す（ものの上を過ぎて向こうへ行く。時や障害を通り過ぎて行く。
来る・行く・優る）

　　山を越える　　峠を越える　　川を越す　　跳び越す　　年を越える
　　冬を越す　　難関を越える　　見越す　　どうぞお越し下さい　　引っ越
　　す　　それに越したことはない

超える・超す（一定の分量や時・力を上回る）

　　100万円を超える額　　1億2000万人を超す人口　　現代を超える　　人
　　間の能力を超す　　限度を超える

（注）　「超」を「越」と書くこともある。それは、当用漢字の音訓表（昭和23年内閣告示）で「越」の字には「エツ」という字音と「こえる・こす」という字訓を掲げたのに、「超」には「チョウ」という字音だけで、訓は何も示されなかった。そのため、「超」の意味の「こえる・こす」には、「100万円をこえる額」のように仮名書きが行われた。その後、昭和28年の「文部省用字用語例」では、仮名書きをやめて「越」に書き換えるようにという発表があった。その結果、「超」の意味にも「越」の字が当てられるようになった。ところが、昭和48年に当用漢字の新音訓表が示され、「超」に「こえる。こす」の訓が加えられた。これを受け継いで、昭和56年内閣告示の常用漢字表には「越」にも「超」にも「こえる・こす」の字訓が掲げられている。このように、一時期「超」の代わりに「越」を使ったので今も「超」の代わりに「越」を書くことも行われている。しかし、一般には意味を考え、表記を書き分けている場合が多い。

㊽　こおる・こおり

凍る（低温のため、水などの液体が個体に変わる）

　　　湖水が凍る　　　土が凍る　　　豆腐を凍らせて作った食品

氷（水が氷点下で固体となったもの）

　　　氷が張った　　　氷をかく　　　氷砂糖　　　かき氷

㊾　さがす

捜す（見えなくなったものを見つけ出そうとする）

　　　うちの中を捜す　　　犯人を捜す　　　財布を捜す　　　迷子を捜す

探す（手に入れたいもの、欲しいものを見つけ出そうとする）

　　　空き家を探す　　　就職口を探す　　　あらを探す　　　財布を探す

（注）　「財布を捜す」は自分の使ってる財布がどこかになくなってしまったので見つけている動作を表し、「財布を探す」は自分の欲しい財布を買い求めようとしているようすを表している。「人捜し」は行方不明の人を見つけようとする場合、「人探し」は求人募集の場合、「家捜し」は家の中でものがなくなった場合に見つけよう

とする動作、「家探し」は住む家を見つける動作を表す。

このように「捜す」と「探す」の書き分けは意味の上から区別することができる。しかし、実際には紛らわしい場合もあり、両者を区別しないこともある。それは当用漢字の旧音訓表（昭和23年内閣告示）で「捜」には「さがす」の訓を掲げながら、「探」には「さがす」の訓を掲げなかった。そのため、一時、「探」は仮名で「さがす」と書くか「捜す」の表記をするかしていた。その後、当用漢字の新音訓表（昭和48年内閣告示）で「探」にも「さがす」の訓が掲げられ、両者を区別して書き分けることができるようになった。一時的にせよ、「捜」にしか「さがす」の訓が掲げられなかった時期もあるので、「探」に「捜」の字を使っても、必ずしも誤りと言い切ることはできない。しかし、当用漢字の新音訓表を受け継いで、現行の常用漢字表（昭和56年内閣告示）は「捜」にも「探」にも「さがす」の字訓を掲げている。

㊿ さく

裂く（二つ以上に引き離す）

するめを裂く　布を裂く　仲を裂く　絹を裂くような叫び

割く（刃物で切り分ける。一部を分けて他の用に当てる）

魚を割く　竹を割く　時間を割く　紙面を割く　人手を割く

(51) さげる

下げる（高い方から低い方へ移す。下の方に垂らす、吊す、掛ける。位置・低度・価値・値段を低い方へ移す。後方に移す。飲食のあとをかたづける。金を引き出す）

電灯を下に下げる　手を上げたり下げたりする　頭を下げる　軒に下げる　風鈴を下げる　カーテンを下げる　目じりを下げる　温度を下げる　熱を下げる　半音下げる　品質を下げる　品位を下げる　価格を下げる　家賃を下げる　給料を下げる　料金を下げる　いすをうしろへ下げる　列をうしろへ下げる　食後、食卓から

食器を下げる　お供えを下げる　貯金を下げる

提げる（手で持って下の方へ垂らす、それに準ずる動作）

手に提げる　手提げかばん　バックを肩から提げる　腰にてぬぐいを提げる

(52) さす

指す（指でその方向を明らかにする。いろいろなものを示す、めざす）

地図で場所を指して教える　黒板の字を指す　人を指して呼ぶ　東京を指して行く　時計の針が正午を指す　言葉の指す意味

刺す（先のとがった細いもので突く。また、突くように感じる）

ナイフで人を刺す　針で布を刺す　とげが刺す　串で刺す　蚊に刺される　刺すような寒さ　耳を刺す声　鼻を刺す臭気　胸を刺す言葉　ランナーを３塁で刺す

挿す（物の間に物をさしこむ）

髪にかんざしを挿す　花瓶に花を挿す　本に枝折（しおり）を挿す　挿し木　挿し絵

差す（いろんな意に使う。「指」「刺」「挿す」の「さす」は「差す」で書き表す）

光が差す　日が差す　明かりが差す　潮が差す　水を差す　油を差す　赤みが差す　目薬を差す　刀を差す　傘を差す　口紅を差す　いや気が差す　眠気が差す　魔が差す　行事の差し違え　抜き差しならない　差し出す　差し上げる　差し入れ　差し支え

㊟「光が差す」「日が差す」などの意には「射す」と表記することもある。「水を差す」「油を差す」「目薬を差す」には「注す」の字を当てることもある。「口紅を差す」「灸を差す」には「点す」の字を当てることもある。しかし、現行の常用漢字

表（昭和56年内閣告示）で「射・注・点」の字には「さす」の訓は掲げられていない。

(53) さます・さめる

覚ます・覚める（眠った状態を終え、気がつく。心の迷いなどがなくなる〈なくす〉。酒の酔いなどがなくなる〈なくす〉。など、全て正常な状態に返る意）

目が覚める　目を覚ます　寝覚めが悪い　眠りから覚める　酒の酔いが覚める　酔いを覚ます　麻酔が覚めた　迷いから覚める　迷いを覚ます　太平の眠りを覚ます

冷ます・冷める（熱いもの、熱い気持ちが冷たくなる〈冷たくする〉）

湯が冷める　湯冷まし　料理が冷める　熱が冷める　熱しやすく冷めやすい　興奮が冷めない　百年の恋も一時に冷めた

㊟「覚」は、また「醒」の字を当てることもあるが、現行の常用漢字表（昭和56年内閣告示）には「醒」に「さめる・さます」の字訓は掲げられていない。

(54) しずまる・しずめる

静まる・静める（動きがない　物音がしない　うるさくない　気持ちに乱れがない　動くことやさわぐことをやめさせる　気持ちを落ち着かせる）

風が止んで波が静まる　寝静まる　嵐が静まる　心が静まる　鳴りを静める　気を静める

鎮まる・鎮める（騒動や乱れなどが治まる〈治める〉）

内乱が鎮まる　火事が鎮まる　反乱を鎮める　痛みを鎮める

沈める（上から下方へ移す。更にその比喩的表現）

船を沈める　体を沈める　石を池に沈める　苦界に身を沈める

(55) しぼる

絞る（強く圧して水分を除き去る。強く圧して水分を取り出す。そこからいろいろなものをしぼり出す意に使う。更に、広がっているもの、大きくなっているものを小さくまとめる意も表す）

タオルを絞る　手ぬぐいを絞る　袖を絞る　油を絞る　りんごを絞る　知恵を絞る　涙を絞る　音量を絞る　問題を一つに絞る　話を絞る　袋の口を絞る　絞り染め　声を絞って演説する

搾る（強く圧して水分を除き去る。強く圧して水分を取り出す。そこからいろいろなものをしぼり出す意に使う）

乳を搾る　搾り取る　油を搾る　税を搾る　涙を搾る　酒を搾る　声を搾って叫ぶ　一番搾りのサラダ油

㊟「絞」は糸と交（まじる）とからなる会意形声文字で、糸をねじ合わせてしめる、くびる意。「搾」は手と窄（せばめる）からなる会意形声文字で、窄の音はおしちぢめる意の語原（縮）からきている。「絞る」と「搾る」の書き分けは紛らわしくはっきりしない。ただ、「税金を搾る」「練習で搾られる」「乳を搾る」「搾り取る」の場合は一般に「搾」の字を使っている。また、「音量を絞る」「話を絞る」のように「大きなものを小さくまとめる」意の場合は「絞」の字を使うのがふつうである。

(56) しまる・しめる

締まる・締める（ゆるみがなくなる、しめつけられる、ひきしまる〈ゆるみをなくす・しめつける・ひきしめる〉）

ひもが締まる　ネクタイを締める　帯を締める　ねじを締める　はちまきを締める　財布のひもを締める　心を引き締める　申し込みの締め切り　身も心も締まる　締まりのない顔

絞まる・絞める（ねじり合わせてしめる）

首が絞まる　鶏を絞める　裸絞め　送り絞め

閉まる・閉める（開いている状態がふさがる〈ふさぐ〉）

戸が閉まる　ふたを閉める　店を閉める　窓を閉める　カーテンを閉める

㊟「締」は糸と音を表す帝（固定する意）とで結ぶ意を表す形声大字。「絞」は糸と交（まじる）とで糸をねじ合わせてしめる意の会意文字。両方とも糸偏で意味が似かよっているが、「絞」を「しまる・しめる」と使う場合は「首が絞まる・首を絞める」意と比喩的に使う場合に限られ、それ以外は「締」の字を使う。尚、国語審議会の〈「異字同訓」の漢字の用法〉に「羽交い絞め」とあるが、多くの辞典は「羽交い締め」の表記をしている。

(57)　すすめる

進める（前へ動かす、度合いを高める、地位を高くする）

車を前へ進める　時計の針を進める　ひざを進めて話を聞く　話を進める　工事を進める　考えを進める　産業を進める　官位を進める

勧める（これがいいですよ、こうした方がよいですよ、と相手に教えたり、誘ったり、励ましたりする）

入会を勧める　転地を勧める　読書を勧める　健康食品を勧める　結婚を勧める　宗教を勧める　酒を勧める　食事を勧める

薦める（人や事物のすぐれた点をあげて紹介する。また、それを採用するように説く）

候補者として薦める　社員に採用するよう薦める　新製品を薦める

㊟「勧める」を「奨める」と書くこともあるが、現行の常用漢字表（昭和56年内閣告示）で「奨」の字に「すすめる」の訓は掲げられていない。

(58) する

擦る（物と物を触れ合わせて動かす。こする）

マッチを擦る　擦り傷　転んでひざを擦りむく　洋服が擦り切れる

刷る（形木〈かたぎ〉に当て、こすって布に模様をつける。版木や活版などの版面にインクをつけて、文字・図画などを多くの紙や布に刷り出す）

名刺を刷る　刷り物　広告の紙を刷る

㊟「マッチを擦る」は「マッチを摩る」と書くこともあるが、現行の常用漢字表（昭和56年内閣告示）で「摩」に「する」の字訓は掲げられていない。「墨をする」は「墨を磨る」と書くこともあるが、これも現行の常用漢字表で「磨」の字に「する」の訓は掲げられていない。「ごまをする」のように「細かく砕く」意には「擂」の字を当てることもあるが、常用漢字表には「擂」の字そのものが掲げられていない。また、「財布をすられた」のように「盗み取る」意には「掏る」と書くこともあるが、この字も、字そのものが常用漢字表に掲げられていない。これらは、仮名書きにしていることが多い。

(59) そう

沿う（水流や道路などに従って続く意。そこから、いろいろなものに離れないで進んだり並んだりする動作や状態、更に習慣や前例などに従う意を表す）

川沿いの家　線路に沿って歩く　道路に沿って店が並ぶ　学校の方針に沿って行動する　海岸に沿って松並木が続く

添う（つけ加える。人などの近くにくっついている）

おかずを一品添える　影の形に添うように　連れ添う　付き添い

(60) そなえる・そなわる

備える・備わる（前もって用意する。十分にそろえておく。十分な用意・準備

がしてある）

台風に備える　調度品を備える　各戸に消化器を備える　老後の備え　音楽室にピアノを備える　必要な品はすべて備わっている　人徳が備わる

供える（神仏や貴人に物をささげる）

お神酒を供える　お供え物　仏前に果物を供える　お墓に花を供える

㊟「音楽室にピアノを備える」のように、「不足なく物をそろえ整えておく（整えてある）」意や「人徳が備わる」のように「自分のものとして身についている」意を表す場合は、「具える」と表記することもある。しかし、現行の常用漢字表（昭和56年内閣告示）で「具」に「そなえる」の字訓は掲げられていない。

(61) たえる

耐える（苦しみやつらさなどをがまんする。他からの力や作用に負けない）

苦しみに耐える　痛みに耐える　暑さに耐える　貧困に耐える

困難に耐える　風圧に耐える　高温に耐える　地震に耐える

堪える（～に対する十分な能力がある。～するだけの値打ちがある。常に打ち消しを伴って、～の気持ちを抑えることができる）

任に堪える　鑑賞に堪えない　遺憾に堪えない　聞くに堪えない

読むに堪える本

㊟ 漢字の「耐」と「堪」とを、その字義の上から使い分けることは難しい。「耐」も「堪」も「しのぶ・がまんする・もちこたえる」の意を表し、共通している。「たえる」の私語においては、「～に対する十分な能力がある。～するだけの値打ちがある。～の気持ちを抑えることができる」の意の場合は「堪」の字を使い、それ以外の「たえる」には「耐」の字を使うのが一般である。かといって「耐」に「堪」の字を使っても誤りではない。国語審議会漢字部会の作成による〈「異字同訓」の漢字の用法〉では、

重圧に（堪）える　風雪に耐（堪）える　困苦欠乏に耐（堪）える
と「耐」の字に「堪」の字を用いてもよいと報告している。

(62)　たずねる

尋ねる（聞きただす。さがし求める）

道を尋ねる　証人に尋ねる　理由を尋ねる　ちょっとお尋ねしますが　生き別れの親を尋ねる　行方不明の友達を尋ねる　母を尋ねて三千里　尋ね人　由来を尋ねる

訪ねる（ある場所をおとずれたり、人に会うためにそこへ行く）

知人を訪ねる　先生のお宅を訪ねる　友だちがわたしを訪ねてきた　明日はお訪ねします　訪ねる前に電話をかけておこう　史跡を訪ねる

(63)　たたかう

戦う・闘う（武力で勝敗をつける。力・技の優劣を争う。障害や困難を打ち破ろうと努力する）

敵と戦う　国と国が戦う　熊と闘う　病気と闘う

㊟「戦う」と「闘う」の書き分けは難しく、国語辞典では両者を同じ扱いにして、特に区別していない。漢和辞典によると、「戦」は大勢で争うとき、「闘」は小規模な局部的なたたかいを表し、「戦」の小さなものと説明している。

(64)　たつ

断つ（続いているものを途中で切る。続いている事柄を一時的に止める）

退路を断つ　快刀乱麻を断つ　食糧の補給路を断つ　茶断ち　酒を断つ　たばこを断つ　食を断つ　思いを断つ

絶つ（続いているものをそれ以上は続けない、そこで終わりにする）

命を絶つ　　縁を絶つ　　消息を絶つ　　後を絶たない

裁つ（衣服を仕立てるために、布や紙などを切る。ただ切るだけでなく、必要
な部分を残して不要部分に切り落とす）

　　　生地を裁つ　　紙を裁つ　　裁ちばさみ

⑥⑤　たつ・たてる

建つ・建てる（家屋・建築物や塔・碑・像などが作られる〈作る〉）

　　　家が建つ　　ビルを建てる　　銅像を建てる　　建て売り　　建て替え

　　　建て具　　建て坪　　建て直す　　建て増し　　建て物　　一戸建て

立つ・立てる（人・動植物・物などが一定の場所に縦・垂直の方向になる〈方
向にする〉。目につくようになる〈目につくようにする〉）

　　a　まっすぐ縦になっている〈縦にする〉

　　　山上に立つ　　家の前に人が立っている　　松の木が1本立っている

　　　のぼりを立てる　　ひざを立てる　　倒れた自転車を立てる　　歯が立た
　　　ない

　　b　低い所から高く移動する

　　　いすから立つ　　席を立つ　　毛が立つ　　煙が立つ　　ほこりを立てる

　　　湯気を立てる　　足がしびれて立てなくなった

　　c　ある現象や作用が起きる、始まる

　　　波が立つ　　風が立つ　　霧が立ちこめる　　春が立つ　　ほこりが立つ

　　　虹が立つ

　　d　注目されるようになる

　　　うわさが立つ　　人の目に立つ　　評判が立つ　　顔が立つ　　男が立つ

　　e　感情が高ぶる

　　　気が立つ　　腹が立つ　　角（かど）が立つ物言い　　腹を立てる

f　ある地位や立場に身を置く

　　人の上に立つ　　演壇に立つ　　先頭に立つ　　危機に立つ　　使者に立つ　　証人に立つ　　苦境に立つ　　人生の岐路に立つ

g　物事が成り立つ

　　計画が立つ　　役に立つ　　腕が立つ　　筆が立つ　　予算が立つ　　方針が立つ　　弁が立つ　　暮らしが立つ　　世に立つ　　手柄を立てる

h　開かれる

　　朝市が立つ　　馬市が立つ　　酉の市が立つ　　植木市が立つ

i　ふろが沸く

　　ふろが立つ　　ふろを立てる

　㊟　この他、「アメリカへはいつお立ちですか」のように「出発する」意の場合は「いつお発ちですか」のように、「発つ」と書くことが多い。また、「年月が立つ」のように「時が移る」意の場合は「年月が経つ」と「経」の字で書き表すことが多い。しかし、現行の常用漢字表（昭和56年内閣告示）では、「発」「経」に「たつ」の字訓は掲げられていない。

⑥⑥　たっとい・とうとい

尊い（敬い重んじるべきである）

　　尊い神　　尊い犠牲を払う

貴い（身分や品位が高い、価値がある）

　　貴い資料　　貴い体験　　貴いお方　　貴い生命

⑥⑦　たま

玉（丸い形をしたもの、また、それに似た形をしたもの。丸い形にみがいた宝石や真珠、美しいものや大切なもの。更にその比喩的表現）

目の玉　　あめ玉　　ガラス玉　　百円玉　　しゃぼん玉　　めがねの玉

パチンコの玉　　うどんの玉　　ビー玉　　玉の肌　　玉のこしに乗る

玉のような子　　玉をころがすような声　　玉にきず　　玉の杯　　玉垣

上だま　　娘を玉にして悪事を働く　　いい玉にされる　　金玉（睾丸）

球（電気のたま。ボール）

電気の球　　野球の球　　卓球の球　　球を投げる　　球を受ける

弾（鉄砲の弾丸）

弾を込める　　弾を発射する　　店で弾を買う　　ピストルの弾

㊟　「そろばんの玉」の場合は「珠」と書くことが多いが、現行の常用漢字表（昭和
56年内閣告示）で「珠」に「たま」の字訓に掲げられていない。

⑱　つかう

使う（人・物・事をある事を利用するように働かせる）

a　道具・材料などを手段として役に立てる

はさみを使って切る　　粘土を使って作る　　タワシを使って洗う　　中
国語を使って話す　　居留守を使う　　コネを使って入社する　　機械を
使って仕事をする　　頭を使う　　重油を使う

b　人に言いつけて用をさせる

この店は人を大勢使っている　　上手に人を使う　　未成年者は使えない

c　慣用的な使い方（ふつうは仮名書き）

弁当を使う（食べる）　　ふろを使う（入浴する）

遣う（いろんな運び方のある動作を自由に工夫して働かせる）

両刀遣い　　人形遣い　　言葉遣い　　筆遣い　　息遣い　　気遣い

心遣い　　金遣い　　無駄遣い　　小遣い銭　　仮名遣い　　気を遣う

㊟　「剣術使い」「忍術使い」「魔法使い」は「使」で書き表している。それは「剣術

・忍術・魔法」などが、それ自身既に「術」だからと言われている。

⑩ つく・つける

付く・付ける（ある物・人にぴったり触れる、離れない状態になる〈状態にする〉。新たに要素が加わる〈加える〉。物事が決まる〈決める〉）

　a　物の表面にくっ付く（くっ付ける）

　　服にしみが付く　　手にペンキが付く　　ごみが付く　　木に虫が付く

　　パンにバターを付ける　　傷口に薬を付ける　　ボンドを付けて張る

　b　主なものに添えられる（添える）

　　景品が付く　　シャツにポケットが付いている　　雑誌に付録が付いている　　条件を付ける　　エアコンを付ける　　日記を付ける

　c　しっかりとした位置を占め、そこから離れなくなる（離れなくする）

　　さし木が付く　　根が付く　　役を付ける　　知識を身に付ける

　d　人のそばを離れないで、いっしょに居る（いっしょに居させる）

　　母に付いて行く　　犬が付いて来る　　助手が付く　　護衛が付く　　案内人を付ける　　介護人を付ける　　味方に付ける

　e　慣用的に（感覚器官に感じる）

　　目に付くところに置く　　蟬の声が耳に付く　　においが鼻に付く　　自慢話が鼻に付く　　気が付く　　仕事が手に付かない

　f　新たに要素が加わる（加える）

　　肩に肉が付く　　つぼみが付く　　くせが付く　　色が付く　　利子が付く　　英語の力を付ける　　色を付ける　　電話を付ける　　火を付ける

　g　物事が決まる

　　決心が付く　　話に落ちが付く　　安物買いはかえって高く付く　　かたを付ける　　始末を付ける　　値を付ける　　話を付ける

h　という理由で（ふつう仮名書き）

　　　工事中に付き通行禁止　　定休日に付き休業　　手術中に付き面会謝絶
　　　台風に付き運航中止

着く・着ける（ある物がある場所に届く〈届ける〉。ある物がある場所を占め
る。ある物事を始める。身にまとう）

　　　目的地に着く　　家に着く　　手紙が着く　　船を岸に着ける　　頭がか
　　　もいに着く　　プールの底に足が着く　　テーブルに着く　　席に着く
　　　仕事に手を着ける　　衣服を身に着ける

就く・就ける（ある位置に身を置く〈置かせる〉。ある人に従う）

　　　職に就く　　新しい仕事に就く　　役職に就く　　社長の任に就く　　床
　　　に就く　　役に就ける　　師に就いて教えを受ける　　先生に就いて習う
　　　先輩に就いて練習する

　㊟　この他、「火がつく」「電灯がつく」は、一般に「火が点く」「電灯が点く」と書
　　いている。しかし、現行の常用漢字表（昭和56年内閣告示）では「点」に「つく」
　　の字訓は掲げられていない。また「悪霊がつく」「きつねがつく」などの意には
　　「憑く」とも書くが、これは常用漢字表に字そのものが掲げられていない。「位につ
　　く」意の場合は「就く」と書き表すのがふつうであるが、帝王の場合に限って「即
　　く」と書く。しかし、これも常用漢字表で「即」に「つく」の字訓は掲げられてい
　　ない。更に、「年金についての話」「１世帯につき１台の割合で車がある」などの表
　　現には「就」の字を当てることもあるが、ふつうは仮名書きにしている。

⑦　つぐ

次ぐ（人・物・事・時のあとに続く）

　　　事件が相次ぐ　　富士山に次ぐ山　　地震に次いで津波が置きた　　昨年
　　　に次いで今年も火事が多い　　次の間　　次の試合

継ぐ（あとを受けて続ける　　布で作ってあるものの破れを補う　　絶えない

ように加える）

　　王位を継ぐ　　跡を継ぐ　　家を継ぐ　　志を継ぐ　　引き継ぐ　　布を
　　継ぐ　　継ぎ目　　継ぎを当てる　　炭を継ぐ

接ぐ（つなぎ合わせて一続きにする）

　　木を接ぐ　　接ぎ木　　骨を接ぐ

⑱　「お茶をつぐ」「酒をつぐ」のように液体を器に入れる意の場合は、一般に「注
　　ぐ」と書いている。しかし、現行の常用漢字表（昭和56年内閣告示）で「注」に
　　「つぐ」の字訓は掲げられていない。

⑦　つくる

作る（材料に手を加えて、形のあるものにする→規模の小さいもの又は抽象的
な無形のもののときに使う）

　　詩を作る　　米を作る　　凧を作る　　服を作る　　料理を作る　　俳句
　　を作る　　貯金箱を作る　　草花を作る　　暇を作る　　計画を作る
　　規則を作る　　組合を作る　　列を作る　　金を作る　　笑顔を作る
　　話を作る　　前例を作る　　口実を作る

造る（ある過程を経て形のあるものにする。仕上げる。建設する→規模の大き
いもの、工業的なもの、有形のもののときに使う）

　　船を造る　　自動車を造る　　貨幣を造る　　庭園を造る　　酒を造る
　　みそを造る　　校舎を造る　　石造りの家

⑦　つつしむ

慎む（用心する。控え目にする）

　　疑われないように行動を慎む　　口を慎む　　言葉を慎む　　酒を慎む

謹む（相手に敬意を払ってかしこまる）

謹んで聞く　　謹んで祝意を表する　　謹んで新年のあいさつをする

⑦　つとめる

努める（がんばって力を尽くす）

　　完成に努める　　解決に努める　　努めて早起きする　　病気をしないよ
　　うに努める　　事故のないように努める　　育児に努める

勤める（役所・会社・工場などに通って仕事につく）（仏道修行する）

　　会社に勤める　　郵便局に勤める　　デパートに勤める　　勤める（仏）

務める（役目を受け持つ）

　　議長を務める　　主役を務める　　案内役を務める　　主婦の務めを果た
　　す

　㊟　「努める」はまた「勉める」と書く人もいる。しかし、現行の常用漢字表（昭和
　　　56年内閣告示）で「勉」に「つとめる」の字訓は掲げられていない。

⑭　とく・とける

解く・解ける（幾つかの要素がからみ合っているものについて、分けて離れ離
れにする〈離れ離れになる〉）

　　なわを解く　　結び目を解く　　包囲を解く　　問題を解く　　任務を解
　　く　　結んだひもが解ける　　なぞが解ける　　疑いが解ける　　雪解け

溶く・溶ける（液体の中に入れて一緒にする、液の中に入って流動的になる）

　　絵の具を溶く　　小麦粉を水で溶く　　卵を溶く　　粉薬を水で溶く
　　砂糖が水に溶ける　　溶質が溶媒に溶ける　　地域社会に溶け込む

　㊟　「水が融ける・雪が融ける・飴が融ける」のように「固体のものが自然に液体に
　　　なる」意の場合は「融ける」と書くこともあった。しかし、現行の常用漢字表（昭
　　　和56年内閣告示）では、「融」に「とける」の字訓は掲げられていない。そのため、

一般に「解ける」に書き換えるか、仮名書きにしている。更に「とける」には「鉄が熔ける」「鉱物が鎔ける」のように「固体が熱せられて液体状になる」意の場合は、「熔」「鎔」の字も使われていた。しかし、「熔」・「鎔」は字そのものが常用漢字表に掲げられていない。昭和31年に国語審議会から「同音の漢字による書きかえ」の報告があり、「熔」「鎔」の字は「溶」に書き換えられた。その結果、字訓の場合も「溶ける」で書き換えるのがふつうである。この他、「もつれた髪の乱れをくしできれいに直す」意に「髪を梳く」と「梳」の字を使うことがある。しかし「梳」の字そのものが現行の常用漢字表には掲げられていない。

⑦⑤　ととのう・ととのえる

整う・整える（乱れたところが直ってきちんとなる〈きちんとする〉）

　　整った文章　　整った文字　　整った目鼻立ち　　調子が整う　　列が整う　　服装を整える　　体裁を整える　　押し入れの中を整える　　足並みを整える　　環境を整える　　道具を整える（散らかっている道具を片付ける）

調う・調える（必要なものが全部そろう〈そろえる〉。物事がまとまる〈まとめる〉）

　　嫁入り道具が調う　　学用品が調う　　食材が調う　　運動会の準備が調う　　晴れ着を調える　　味を調える　　費用を調える　　縁談を調える　　道具を調える（道具を買いそろえる）

⑦⑥　とぶ

飛ぶ（空中を動く、また、それに似た動きをする）

　　鳥が飛ぶ　　飛行機が飛ぶ　　シャボン玉が飛ぶ　　風船が飛ぶ　　現場に飛ぶ　　外国に飛ぶ　　うわさが飛ぶ　　思いが故郷に飛ぶ　　飛び石　　話が飛ぶ　　色が飛ぶ　　株価が飛ぶ　　ページが飛んでいる　　順番が

飛んでいてよくわからない

跳ぶ（足を使って高く上方へ動く、また、それに似た動きをする）

　　みぞを跳ぶ　　車の泥が跳ぶ　　跳んだりはねたり　　首が跳ぶ　　跳び
　　箱　　三段跳び　　走り高跳び　　走り幅跳び　　棒高跳び　　ぴょんと
　　跳ぶ

⑦　とまる・とめる

止まる・止める（動いているもの、続いているものがなくなる〈なくす〉）

　　電車が止まる　　時計が止まる　　水道が止まる　　血が止まる　　笑い
　　が止まらない　　痛みが止まらない　　息を止める　　せきを止める
　　通行止め

留まる・留める（そのまま動かない状態になる〈状態にする〉）

　　鳥が木の枝に留（止）まる　　すずめが電線に留（止）まる　　とんぼが
　　指に留（止）まる　　ボタンを留める　　髪をピンで留める　　心に留め
　　る　　気に留める　　目に留まる　　留め置く　　書留

泊まる・泊める（船が港で休む〈休ませる〉。自宅以外で夜を過ごす。自分の
家を宿として夜を過ごしてもらう）

　　船が港に泊まる　　船を港に泊める　　旅館に泊まる　　ホテルに泊まる
　　お客を泊める　　友達を泊める

⑱　とる

取る（手にとる。わがものとする。取り除く。おさめる。受けとめる）

　　a　置いてあるもの、離れているものを手にする

　　手に取る　　書棚から本を取る　　子供の手を取って横断歩道を渡る

　　b　取り除く　　はずす　　一部を取る

雑草を取る　　服の汚れを取る　　疲れを取る　　薬で熱を取る　　痛み
を取る　　帽子を取る　　眼鏡を取る　　給料から食費を取る

c　自分のものにする

人の物を取る　　お金を取る　　領土を取る　　月給を取る　　休みを取
る　　新聞を取る　　牛乳を取る　　席を取る　　場所を取る　　宿を取
る　　部屋を取る　　見本を取る　　予約を取る　　資格を取る　　免許
を取る　　食事を取る　　睡眠を取る　　休養を取る　　料理を取る
賞を取る　　注文を取る　　よい成績を取る　　得点を取る　　年を取る
税金を取る　　明かりを取る　　会費を取る　　入場料を取る　　ガス代
を取る　　寸法を取る　　善意に取る　　いろんな意味に取る　　家賃を
取る　　責任を取る　　労を取る　　不覚を取る　　ノートを取る　　型
紙を取る

採る（選んでとりあげる。ひろいあげる。草木や虫などを集める）

弟子を採る　　社員を採る　　新人を採る　　留学生を採る　　学生を採
る　　木の実を採る　　草花を採る　　蟬を採る　　米から酒を採る
決を採る　　きのこを採る　　標本を採る　　血を採る

執る（物事をしっかりとつかんでとり行う）

筆を執る　　事務を執る　　式を執り行う　　指揮を執る　　万全の体制
を執る　　従順な態度を執る

捕る（つかまえる。とらえる）

ねずみを捕る　　鯨を捕る　　飛球を捕る　　魚を捕る　　生け捕る
分捕る　　捕り物

撮る（小さなレンズから景色や姿をつかまえる）

写真を撮る　　映画を撮る

㊟　国語動詞「とる」の漢字は、一般に上記のように書き分けている。しかし「取

173

る」だけは用法が広く、いろんな意味に使われ、「魚を捕る」を「魚を取る」とも
書けば、「草花を採る」を「草花を取る」と書くこともある。また、「態度を執る」
を「態度を取る」とも書き、「捕・採・執」と「取」の書き分けには紛らわしいも
のがある。更に「取る」には単独の用法のほかに「手取り・取り上げる・取りあえ
ず・受け取る・引き取る・見取る・手間取る・気取る・相手取る・取り扱う・取り
調べる・取り除く・取り越し苦労」のように複合語としても広い範囲で使われる。
また、「栄養を摂る」「鹿を獲る」「米を穫る」「金を盗る」のように「摂・獲・穫・
盗」の字を使うこともあるが、現行の常用漢字表（昭和56年内閣告示）では、これ
らの字に「とる」の字訓は掲げられていない。

㉙　**ない**

無い（存在しない。持っていない）

　　金が無い　　家が無い　　何も無い　　あること無いこと言いふらす

　　無い物ねだり　　江戸時代までには無い電化製品　　凡人には無い超能力

亡い（死んでこの世にいない）

　　亡き母をしのぶ　　今は亡き友の面影　　亡き人の思い出にすがる

　　㊟　「亡き」は「亡い」の古い言い方。文章語としては今も使っている。

㉚　**なおす・なおる**

直す・直る（曲がっているものをまっすぐに正す〈正しくなる〉）

　a　正しくする（正しくなる）

　　誤りを直す（誤りが直る）　　悪いくせを直す（悪いくせが直る）　　文章
　　を直す（文章が直る）

　b　きちんとする（きちんとなる）

　　服装を直す（服装が直る）　　機嫌を直す（機嫌が直る）

　c　もとのよい状態にする（よい状態になる）

174

故障を直す（故障が直る）　　時計を直す（時計が直る）　　ゆがみを直す
（ゆがみが直る）
　　d　新しい状態に置きかえる
　　英語を日本語に直す　　古い単位を新しい単位に直す　　規則を直す
　　書き直す
治す・治る（もとの健康な状態にする〈状態になる〉）
　　病気を治す（病気が治る）　　歯を治す（歯が治る）　　傷を治す（傷が治
　　る）　　腰痛を治す（腰痛が治る）

⑧　なか
中（内側。中間。最中）
　　箱の中　　塀の中　　コートの中　　ふとんの中　　手の中　　中庭
　　姉妹の中で一番下　　月の中頃に伺います　　両者の中に入る　　雨の中
　　を買い物に行く　　お忙しい中をお越しいただく
仲（人と人との関係）
　　仲がいい　　仲を取り持つ　　仲をさく　　夫婦仲　　仲直り　　仲働き

⑧　ながい
長い（端から端までの隔たりが大きい）
　　長い髪の毛　　長い道　　長いきりんの首　　長い旅　　長い時間　　枝
　　が長く伸びる　　日が長い　　気が長い　　話が長い　　電話が長い
永い（いつまでも変わらないで続く）
　　ついに永い眠りに就く　　永の別れ　　末永く契る

㊳　ならう

習う（知識や技術をおぼえる。教わる）

　　先生にピアノを習う　　英語を習う　　ダンスを習う　　学校で算数を習

　　う　　小学校で習った歌　　見習う

倣う（見本としてまねる）

　　前例に倣う　　慣例に倣う　　昔の風習に倣って行事を行う　　新しい団

　　地は近隣の自治会に倣って会則を決める

㊴　のせる・のる

乗せる・乗る（人や物が他の物の上に位置する。主として移動のために乗り物

およびそれに準ずるものに身を置く）

　a　人や物を乗り物の中に入れたり積んだりする（物の上にあがる。乗り物

　の中や上に身を置く）

　　子供を車に乗せる（子供が車に乗る）　　客を船に乗せる（客が船に乗る）

　　貴人を馬車に乗せる（貴人が馬車に乗る）　　ボートに乗せる（ボートに

　　乗る）　　自転車に乗せる（自転車に乗る）　　椅子の上に乗る　　机に乗

　　る　　台の上に乗る

　b　計略にかける、だます（計略にかかる、だまされる）

　　口車に乗せる（口車に乗る）　　その手には乗せられない（その手には乗

　　らない）　　計略に乗せる（計略に乗る）　　そんな話に乗せられてはたま

　　らない　　おだてに乗る

　c　仲間に入る

　　その事業に一口乗せて下さい　　相談に乗る　　自分から誘いに乗る

　　話に乗る（自分の意志で）

d　調子を合わせる（動きや調子が合う）

　　リズムに乗せて踊る（リズムに乗って踊る）　　ピアノに乗せて歌う（ピ
　　アノに乗って歌う）　　気持ちを乗せて話す（話に気持ちが乗る）　　時流
　　に乗る　　景気の波に乗る　　軌道に乗る

e　なじむ

　　肌におしろいが乗らない　　脂の乗った魚　　インクの乗らない紙
載せる・載る（物を何かの上に置く〈物がほかの物の上に位置する〉。新聞・
雑誌・画報・写真集などに記事や絵・写真などが出る）

　　自動車に荷物を載せる　　たなに本を載せる　　雑誌に広告を載せる
　　机に載っている本　　新聞に載った事件

⑧⑤　のばす・のびる

伸ばす・伸びる（物の長さを長くする〈長くなる〉。まっすぐにする〈まっす
ぐになる〉。発展させる〈発展する〉）

　　髪を伸ばす（髪が伸びる）　　ひげを伸ばす（ひげが伸びる）　　手足を伸
　　ばす　　腰を伸ばす　　腕を伸ばす　　才能を伸ばす　　個性を伸ばす
　　勢力を伸ばす　　背が伸びる　　草木が伸びる　　枝が伸びる　　成績が
　　伸びる　　運動能力が伸びる　　記録が伸びる　　売り上げが伸びる
　　外国向けの輸出が伸びている

延ばす・延びる（距離・時間を長くする〈長くなる〉。面積を広げる〈広がる〉。
薄める）

　　出発を延ばす　　開会を延ばす　　支払いを月末まで延ばす　　授業を10
　　分延ばす　　めん棒でそばを延ばす　　肌にクリームを延ばす　　ペンキ
　　をシンナーで延ばす　　水で延ばす　　野球の試合が30分延びた　　地下
　　鉄が郊外まで延びる　　道幅が1メートル延びた　　寿命が延びる　　支

払いが延び延びになる

㊟　「体がぐったりする」意で「なぐられてのびている」「歩き疲れてのびてしまっ
た」「過労がつづいてのびてしまった」のように使うこともある。このような用法
の場合は「伸びる」を使うか、ふつうは仮名書きにしている。

⑧⑥　**のぼる**

上る（高い所へ行く。多い数量に達する。それについて取り上げられる）

　　川を上る　　坂を上る　　上り列車　　水銀柱が上る　　損害が１億円に

　　上る　　話題に上る　　人の口に上る　　食膳に上る

登る（高い所へ行く）

　　山に登る　　木に登る　　演壇に登る

昇る（高くあがる）

　　目が昇（上）る　　天に昇（上）る　　高い地位に昇（上）る　　けむり

　　が昇（上）る

⑧⑦　**はえ・はえる**

映え・映える（光を受けて美しく輝く。調和してよく見える）

　　夕映え　　紅葉が夕日に映える　　服の色が顔によく映える

栄え（輝かしい結果）

　　栄えある勝利　　見事な出来栄え　　見栄えがする

⑧⑧　**はかる**

図る（計画する）

　　合理化を図る　　解決を図る　　便宜を図る　　充実を図る

計る（計算する。人の気持ちや物事の奥を知ろうとする。軽くだます）

時間を計る　　計り知れない恩恵　　人の心を計る　　まんまと計られる

測る（水の深さをはかる意から、広く、物の深さ・長さ・広さ・高さ・大きさ
などがどれくらいあるか知ろうとする）

　　　水深を測る　　標高を測る　　距離を測る　　面積を測る　　測定器で測
　　　る

量る（物の重さがどれくらいあるかを知ろうとする）

　　　目方を量る　　升で量る　　容積を量る

謀る（人知れず、悪いことをたくらむ）

　　　暗殺を謀る　　悪事を謀る　　まんまと謀られた

諮る（相談する）

　㊟　「計る」「測る」「量る」の書き分けは紛らわしく、はっきりしない場合が多い。
　　　この中でも、「量る」は主に物の重さをはかる意に使う。しかし、人の気持ちをお
　　　しはかる意のときには「量る」と書くことも多い。「計る」「測る」にいたると区別
　　　が難しく、「測る」を「計る」とも書く。

⑧9　**はじまる・はじめ・はじめて・はじめる**

初め・初めて（最初のころ。物事の最初）

　　　３月の初め　　初めこう言った　　初めから気に入らない　　初めてお会
　　　いした　　初めての経験　　初めての海外旅行

始まる・始め・始める（物事が新しくおきる〈物事を新しくおこす〉。今まで
していない状態からする状態に移る〈移す〉。物事の最初。打消の形で〜ても
むだだ）

　　　戦争が始まる（戦争を始める）　　新築工事が始まる（新築工事を始める）
　　　授業が始まる（授業を始める）　　仕事を始める　　始めと終わり　　御
　　　用始め　　習い始め　　今さら後悔しても始まらない

㊟　動詞として使う場合は「始まる」「始める」で書き表す。副詞の「はじめて」は「初めて」と書く。名詞的な用法の場合は「初め」「始め」の書き分けは紛らわしく、はっきりしない。副詞的な用法の場合は「初め」と書くのがふつうである。上記のほかに、多くのものの中の先立つもの、主だったものをあげる言葉に使われる「会長をはじめとして」「銀行をはじめ、各金融業界が……」のような使い方のときは、一般に仮名書きにしている。

⑳　はな

花（植物が茎や枝の先に咲かせるもの。はなやかで美しいもののたとえ）

桜の花　　バラの花　　花が咲く　　花が散る　　花を飾る　　花を植える　　花も実もない　　花の都　　花形　　両手に花　　若いうちが花だ

華（「花」と同義。ひときわ目立つ美しさ）

華やか　　華々しい　　華やぐ

㊟　「華」はもと「草木のはな」「はなやか」の意を表す文字だった。六朝の頃、両者を区別するために、特に草のはなの意を表す字として「花」が使われるようになった。現代は草木のはなの意を表す場合は「花」を使い、はなやかの意を表す場合は「華」を使っている。「花」は単独で使うだけでなく「花見・花言葉・花暦・花園・花火・花冷え・花札・花吹雪・花嫁・花婿・おしろい花・尾花・彼岸花・草花・生（活）け花」などの複合語にも「花」の字が使われている。また、桜の花・梅の花・花合わせ・芸人などに与える祝儀の省略形として、ただ「花」と使う場合もある。「華」は和語としては「はなやか」の意を表すときに使われ、現行の常用漢字表（昭和56年内閣告示）でも「華やかだ、華やぐ、華々しい」の3語が掲げられている。

㉑　はなす・はなれる

離す・離れる　（くっ付いているものを別々にする〈別々になる〉。距離をあける〈距離があく〉）

間を離す　　仲を離す　　引き離す　　切り離す　　1メートル離して植

える　　家具を壁から少し離して置く　　電車が駅から離れる　　少し離
れて歩く　　足が地面を離れる　　飛行機が滑走路を離れる　　駅から離
れた町　　親元を離れて暮らす　　離れ島　　職を離れる　　離れ離れに
なる

放す・放れる（元の束縛から自由にする〈自由になる〉）

かごの鳥を放す　　海に魚を放す　　馬を野に放す　　放し飼い　　見放
す　　突き放す　　野放し　　犬が鎖から放れる　　矢が弦から放れる
たこが糸から放れる　　子が親の手から放れる　　親の監督から放れて暮
らす

⑨② **はやい**

早い（まだ、時があまりたっていない）

a　時期や時刻が基準よりも前

時期が早い　　朝早く起きる　　予定より早く終わる　　バスが早く来た

b　まだ、その時期や時刻にまでは達しない

食事には少し早い　　あきらめるにはまだ早い　　寝るには早い

c　あまり時間がかからない

仕事が早い　　耳が早い　　のみこみが早い　　風呂（入浴時間）が早い
早い話が（手っ取り早く言えば）それは無理だ

d　「〜（する）が早いか」の形で「〜（する）とすぐ」の意

学校から帰るが早いか、もう遊びに出て行った　　ベッドから起きるが早
いか、顔も洗わないで朝ごはんを食べている

速い（動くものの進みが著しい）

流れが速い　　投手の球が速い　　テンポが速い　　速く走る　　車の速
さ　　脈が速い　　呼吸が速い　　歩くのが速い　　手が速い

㊟ 時期・時刻には「早い」と書き、速度には「速い」と書く。しかし、「仕事がはやい」「耳がはやい」のような用法の場合は「早い」とも「速い」とも書く。ただ、どちらかといえば「早い」の方が一般的である。また、「速い」を「疾い」と書くこともあるが、現行の常用漢字表（昭和56年内閣告示）では「疾」に「はやい」の字訓は掲げられていない。

(93) ひ

火（物が燃えて光と熱を発する現象）

火が燃える　火に掛ける　火をおこす　火が消える　火にあたる　たばこに火をつける　火のない所に煙は立たぬ　火を見るよりも明らか

灯（照明のための光、あかり、ともしび）

灯がともる　遠くに町の灯が見える　向かいの家は夜おそくまで灯がついている

(94) ひく

引く（弓をひきはること、転じて広くひっぱる意）

a　手などで対象を自分の方に直線的に近寄せる

綱を引く　子供の手を引く　電灯のひもを引く　畑の大根を引く

b　人の気持ちや注意を向かせる。誘いかける

人目を引く服装　注意を引く　人の気を引く　同情を引く　美しい色に引かれる　客を引く

c　体内に取り込む

かぜを引く

d　少なくする。取って減らす

5から3を引くと2　　定価から1割引く　　給料から税金を引く　　貯

金通帳から公共料金が引き落とされる

e　多くの中から選び出す。さがして取り出す

　　辞書を引く　　電話帳を引く　　くじを引く　　索引を引く

f　他人の言葉や文章を例として使う

　　実例を引いて説明する　　たとえやことわざを引く　　古歌を引く　　孔

子の言葉を引く　　論語から引いた言葉　　聖書から引いた言葉

g　前の方へひっぱって進む（進ませる）

　　リヤカーを引く　　そりを引く　　車を引く　　荷物を引く　　舟を引い

て浜にあげる　　着物のすそを引いて歩く　　泥棒が警官に引かれて行く

h　のばして塗りつける

　　フライパンに油を引く　　床にワックスを引く　　敷居に蠟を引く

i　線を長く書く。図を描く

　　白紙に線を引く　　校庭に白線を引く　　まゆ毛を濃く引いて書く　　図

面を引く　　罫を引く

j　続いていたものを受けつぐ

　　系統を引く　　血筋を引く　　親の血を引く　　失敗が尾を引く　　おい

しい食べ物はあとを引く

k　線や管などのようなものをのばして通じるようにする

　　電気とガスを引く　　水道を引く　　電話を引く　　田に水を引く

l　後ろにもどる。元の状態にもどる（もどす）

　　潮が引く　　出水が引く　　手のはれが引く　　前に出した足を引く

体を後ろに引く　　芸能生活から身を引く　　仕事から手を引く

弾く（手ではじきひく。弦楽器・鍵盤楽器を鳴らす）

　　ヴァイオリンを弾く　　ギターを弾く　　琴を弾く　　オルガンを弾く

ピアノを弾く　　ショパンの曲を弾く

㊟「人の気を引く」のような「人の気持ちや注意を向かせる」の意の用法には「惹く」と書くことが多い。「舟を引く」のような「前の方へひっぱって進む」意の用法では「曳く」と書くこともある。また、「牛を引く」は「牛を牽く」と書くこともある。「のこぎりを引く」は「のこぎりを挽く」とも書く。車が人や動物あるいは物の上を踏みつけて通る意の「電車に引かれる」「トラックに引かれた」のような用法には「轢く」とも書く。ひきうすで、すり砕く意の「粉を引く」「豆を引く」のような用法には「碾く」とも書く。しかし、「惹・曳・牽・挽・轢・碾」の字は、いずれも現行の常用漢字表（昭和56年内閣告示）には字そのものが掲げられていない。

(95) ふえる・ふやす

殖える・殖やす（それ自身で数や量が多くなる〈多くする〉）

ねずみが殖える　　がん細胞が殖える　　イースト菌を殖やす　　財産を殖やす

増える・増やす（「減」の対で、数や量が多くなる〈多くする〉）

人数が増える　　水かさが増える　　会員を増やす　　分量を増やす

(96) ふく

吹く（口を開いて息を急に出す。鋳る。風が動く。さび・粉・芽などが表面に現れる）

a　息をかける

炭を吹いて火をおこす　　熱いお茶を吹いて飲む　　ろうそくの火を吹いて消す　　ガラス玉を吹いて風鈴を作る

b　息で音を出す

口笛を吹く　　横笛を吹く　　フルートを吹く　　トランペットを吹く

c　大げさなことを言う

　　ほらを吹く　　話を吹きかける　　大きなことを吹きまくる

d　金属に熱を与えてとかす、また鋳る

　　鐘（かね）を吹く　　釜を吹く　　小判を吹く

e　かび・粉・芽などが表面に現れる

　　緑青（ろくしょう）が吹く　　昆布に塩が吹く　　干し柿に粉が吹く　　粉を吹いた芋

　　草木が芽吹く　　柳が芽を吹く

噴く（勢いよくふき出す。主に水や火が内部から外部に湧いて出る）

　　炎を噴く　　火山が煙を噴く　　火を噴き出す　　ガスを噴き出す　　汗

　　が噴き出る　　血が噴き出る　　お湯が噴きこぼれる　　霧吹き

⑨⑦　ふける

更ける（夜がおそくなる。季節が深くなる）

　　夜が更ける　　秋が更ける

老ける（年をとる。年寄りくさくなる）

　　老けて見える　　老けてしまった　　老け込む

⑨⑧　ふた

二（一をふたつ重ねた字で、数のふたつ）

　　二重まぶた　　二目と見られない　　二つ折　　二人　　二またのソケッ
　　ト

双（ふたつそろってる、一対のもの）

　　双子　　双葉　　栴檀は双葉より芳し（大成する人は子供の頃からすぐれ
　　ている）

99 　ふね

舟（水上の小型の乗り物。ふねに形の似た入れ物）

　　舟をこぐ　　　小舟　　　ささ舟　　　舟で島を回る　　　湯舟　　　酒舟

船（水上の大型の乗り物）

　　船の甲板　　　船で帰国する　　　船で捕鯨に行く　　　船旅　　　親船

　㊟　国語辞典では「舟」も「船」も同じひとつの見出し語の中で取り上げ、特に両語の区別はしていない。漢和辞典では「舟」は象形文字で「板をはって造ったふね」の意。「船」は形声文字で「木をえぐって造ったふね」の意。古代には舟、漢代には船とよぶ。中国の関東（函谷関より東）では舟、関西（函谷関より西）では船という。つまり、「舟」も「船」も同じふねのことと扱っている。しかし、現代、日本では一般に船頭さんのごく小さなふねは「舟」で書き表し、船長や乗り組み員などで海を渡る大型のふねは「船」で書き表す傾向が強い。国語審議会漢字部会の作成による「異字同訓」の漢字の用法では、「舟」は「小舟」、「船」は「大型の船」としての用例が挙げられている。尚、「湯舟」「酒舟」は「湯槽」「酒槽」と書くことも行われている。しかし、現行の常用漢字表（昭和56年内閣告示）では「槽」に「ふね」の字訓は掲げられていない。

100 　ふるう

振るう（勢いが盛んになる〈盛んにする〉。何かを物理的にふり動かす。とっぴで面白い）

　　猛威を振るう　　　士気が振るう　　　成績が振るわない　　　商売が振るわない　　　刀を振るう　　　熱弁を振るう　　　暴力を振るう　　　メスを振るう　　　振るった話　　　振るった解答　　　振るった考え　　　言うことが振るっている

震う（細かく速く揺れ動く）

　　大地が震う　　　声を震わせる　　　身震い　　　武者震い

奮う（元気に勇み立つ。何かをするとき、積極的に気持ちを高め、活力を出して立ち向かおうとする）

　　勇気を奮って立ち向かう　　奮って参加する　　奮って御応募下さい

　　奮い立つ

⑩　**まざる・まじる・まぜる**

交ざる・交じる・交ぜる（異質のものがとけ合わないでいっしょになる〈いっしょにする〉）

　　綿に麻が交ざっている　　大人の中に子供が少し交ざっている　　米に石

　　が交じっている　　若者に交じって行動する　　漢字仮名交じり文　　絹

　　とナイロンの交ぜ織り

混ざる・混じる・混ぜる（異質のものがとけ合っていっしょになる〈いっしょにする〉）

　　酒に水が混ざる　　和風と洋風の混ざった料理　　外国人の血が混じる

　　異物が混じる　　雑音が混じる　　オレンジジュースにワインを混ぜる

　　コーヒーにミルクを混ぜる　　赤と白のペンキを混ぜる　　絵の具を混ぜ

　　る

　㊟　この他、「卵をかき混ぜる」のように同質のものを均質になるように混ぜる使い

　　　方も稀にある。

⑩　**まち**

町（いなかに対する都会。人口が多く、人家、商店、会社、公共施設などが集まっている所。都市の中の一つの区画）

　　町と村　　町ぐるみの歓迎　　港町　　城下町　　門前町　　下町　　町

　　中　　町医者　　町並み　　新宿区信濃町　　横浜市中区元町

街（都市の大通りのある所）

　　街を吹く風　　学生の街　　街の明かり　　街（町）角　　花の街

　㊟　「商店が並んだにぎやかな道筋やそういう地域」を指す場合は「町」とも書けば
　　「街」とも書く。漢字の成立からみれば、「町」は「田」とまっすぐのびる意を表す
　　「丁」とから成る形声文字で、「田と田の間のあぜ」を表す。「街」は「彳（道）」と
　　音を表す「圭（ケイ）」とから成る形声文字で「みち（行）がたてよこに通じてい
　　ること」また「まちをたてよこに区切る大通り」の意を表すと言われている。そこ
　　から、両語とも「まち」の意を表すようになった。

⑩　**まるい**

丸い（物の中心から外縁のどの部分にも距離が等しい形で立体的なもの。更に、
その比喩的な表現）

　　地球は丸い　　丸いボール　　丸い顔　　背中が丸くなる　　目を丸くす
　　る　　丸く治める　　丸い人柄

円い（物の中心から外縁のどの部にも距離が等しい形で平面的なもの）

　　（丸）い窓　　円（丸）く輪になる　　円く線を書く

　㊟　「丸襟・丸刈り・丸木・丸首・丸太ん棒・丸呑み・丸裸・丸坊主・丸儲け・丸焼
　　き……」など、名詞の場合は「丸」を使うことが多い。但し「丸窓」は「円窓」と
　　も書く。

⑩　**まわり**

回り（輪を描くような動作・作用・状態）

　　身の回りの世話　　火の回りが早い　　回り持ち　　回り番　　回り灯籠
　　回り舞台　　回り道　　回りくどい　　体が一回り大きい　　年が一回り上
　　遠回り　　手回り品　　胴回り　　ポケット回り　　得意先回り

周り（周囲・周辺の意）

池の周り　　木の周り　　太陽の周り　　周りの人　　周りに歓声が上が
る　　盆踊りをする人達がやぐらの周りに集まる

㊟　「回り」に「廻り」を使う人もいる。それは以前、「回」と「廻」は似てはいるが、別の意味を持つ字として区別されていた。ところが昭和21年の当用漢字表に「廻」の字は掲げられなかった。そのため「廻」の代用には「回」の字を当てて書き表すようになった。現行の常用漢字表（昭和56年内閣告示）にも「廻」の字は掲げられていない。したがって、古い字義を意識する人は「廻」の字を使う人もいるが、公用文・教科書・新聞・雑誌などでは常用漢字表に従って「回」の字で書き表している。また、「周」は昭和23年内閣告示の旧音訓表には「まわり」という訓が掲げられなかった。そこで、周囲・周辺の意味の場合は、多く仮名書きにされ、まれに「回り」と書かれることもあった。その後、昭和48年に改定された新音訓には「周」に「まわり」の字訓が追加された。現行の常用漢字表の音訓欄にも「周」に「まわり」の訓が掲げられている。したがって、現在では「池の周り」「周りの人」のように周囲・周辺の意の場合には「周り」と書き、その他の意味の場合には「回り」と書くのが一般である。

⑩　**みる**

見る（目をあけて視界にあるものをとらえる。見物する。よく見分ける。出会う。様子を見て世話をする。その他）

　a　目をあけて視界にあるものをとらえる。

　　テレビを見る　　人形を見る　　写真を見る　　空を見る　　星を見る
　　山を見る　　前方をよく見て運転する　　左右をよく見て横断する

　b　見物する、鑑賞する

　　桜の花を見に行く　　鎌倉の寺々を見て歩く　　美術館で名画を見る
　　相撲を見に行く　　この街は見どころが多い

　c　よく見分ける（調べて判断・評価する）

　　物を見る目がある　　人を見る目がない　　長い目で見る　　手相を見る

子供から見た大人の姿　　答案を見る　　試験会場を見に行く　　味をみ

　　る　　調子をみる　　甘くみると失敗する

　　d　出会う（経験する）

　　　ばかを見る　　痛い目を見る　　つらい目を見る　　日の目を見る　　ま

　　れに見る人物　　ついに完成を見る

　　e　様子を見て世話をする

　　　赤ちゃんを見る　　面倒を見る　　勉強を見る　　宿題を見る　　病人を

　　見る　　親を見る

診る（病状をしらべる）

　　　患者を診る　　血糖値を診る　　蛋白尿の有無を診る　　内視鏡で胃の状

　　態を診る　　脈を診る　　虫歯を診る

　㊟　bの「見物する、観賞する」の意の場合は「観る」とも書く。しかし、現行の常
　　用漢字表（昭和56年内閣告示）では「観」に「みる」の訓は掲げられていない。ま
　　た、eの「様子を見て世話をする」の意の場合は「看る」とも書く。しかし、この
　　字も現行の常用漢字表では「看」に「みる」の訓は掲げられていない。d・eは仮
　　名書きにすることが多い。
　　　「書いてみる」「話してみる」「食べてみる」のような補助動詞の用法の場合は仮名
　　書きにするのがふつうである。

⑯　もと

下（その支配・影響の及ぶところ）

　　　法の下に平等　　一撃の下に倒した　　親の下を離れる　　〇〇博士の下

　　で研究する　　実兄の下で働く　　封建社会の下で育った

元（物事の起こり。原因、資本、原材料。以前）

　　a　物事の起こり、始まり

　　　元をたずねる　　元に戻る　　二人の仲を元に戻す　　人間の元は猿

元から断ち切る

b　原因・きっかけ

飲酒運転は事故の元　　失敗は成功の元　　糖尿病が元で失明した　　金
の貸し借りはけんか別れの元になる　　マッチ1本火事の元

c　原料・材料

チーズは牛乳を元にして作られる　　伝説を元にして書いた童話　　オリ
ーブ油を元にして作ったハンドクリーム

d　元手・元金・資本

元が掛かる　　元を切って売る　　元が取れない　　元も子もない

e　今より前の時、以前

元横綱　　元弁護士　　元俳優　　元飼っていた犬　　元の鞘に収まる
元の木阿弥　　元仲の良かった友達　　元どおりの状態になる

本（おおもと、事物の主要部）

本を正す　　本と末　　うらなりより本成りの方がおいしい　　本歌を真
似して作った替え歌　　木の根本（根元）

基（土台）

資料を基にする　　基づく　　主権在民を基に作られた憲法　　橋ぐいの
基から崩れる

⑩⑦　～や（接尾語）

～屋（職業・商店などの名につける。雅号・芸名。人のある性質を特徴的に言
う。比較的、規模の小さい建物）

a　職業またはその職業の人

本屋　　酒屋　　米屋　　電気屋　　居酒屋　　ペンキ屋　　薬屋　　魚
屋　　八百屋　　質屋　　（的屋・総会屋・ぱくり屋・あいまい屋）　　ブ

ン屋

b　屋号・雅号

中村屋　　伊勢屋　　木村屋パン店　　杵屋　　朝日屋　　栄屋　　上州
屋　　越後屋　　田中屋本舗　　鈴の屋　　成駒屋

c　人の、ある性質を特徴的に言う

気取り屋　　お天気屋　　照れ屋　　目立ちたがり屋　　わからず屋
がんばり屋　　強がり屋　　いばり屋

d　比較的、規模の小さい建物

二階屋　　母屋　　長屋　　あばら屋　　平屋　　一軒屋

〜家（屋号。比較的、規模の小さい建物）

a　屋号・芸名

不二家　　吉野家　　小松家　　林家こぶ平　　柳家小さん

b　比較的、規模の小さい建物

我が家　　田舎家　　貸し家　　一つ家　　空き家　　借家　　離れ家

㊟　屋号は固有名詞なので「〜屋」と使う人もいれば、「〜家」を使う人もいる。家
屋を表す場合も、「母屋」を「母家」、「一軒屋」を「一軒家」と書き表す場合もあ
り、辞典によってまちまちである。「我がや」だけはいずれの辞典も「我が家」の
表記を掲げている。ちなみに、常用漢字表の「屋」の備考欄には「母屋」、「家」の
備考欄には「母家」の表記がそれぞれ掲げられている。更に、常用漢字表の「家」
の例欄に「借家」とあり、付表に「おもや（母屋・母家の両語が並んで掲げられて
いる。また、国語審議会漢字部会の作成による「異字同訓」の漢字の用法に「二階
家」とある。

⑩　やぶる・やぶれる

破る・破れる（傷つける〈傷がつく〉。こわす〈こわれる〉。だめにする〈だめ
になる〉）

紙を破る　　障子が破れる　　手紙を破る　　本の表紙が破れる　　布を
破る　　シャツが破れる　　服を破る　　靴下が破れる　　網が破れる
窓を破る　　金庫を破る　　約束を破る　　規則を破る　　法律を破る
交渉が破れる　　均衡が破れる　　平和が破れる　　恋に破れる　　夢が
破れる　　眠りが破れる　　静けさが破れる　　記録を破る

敗る・敗れる（負かす〈負ける〉）

強敵を敗る　　横綱を敗る　　試合に敗れる　　競技に敗れる　　勝負に
敗れる　　人生に敗れる

⑩　**やわらかい・やわらかだ**

柔らかい・柔らかだ（かたくない。ふっくらしている。しなやか。おだやか）

柔らかい毛布　　柔らかな乳房　　柔らかな京言葉　　柔らかい靄の中
柔らかい星の影　　柔らかい緑の色　　身のこなしが柔らかだ　　物柔ら
かな態度　　事を柔らかに運ぶ　　柔らかい御飯

軟らかい・軟らかだ（手ざわり、肌ざわりがふんわりしている。目で見た感じ
がほんのりとした暖かみがある）

軟（柔）らかい髪の毛　　軟（柔）らかな羽　　軟（柔）らかい土　　軟
（柔）らかい草　　軟（柔）らかな月の光　　軟（柔）らかな色　　表情
が軟（柔）らかだ

㊟　「柔」と「軟」の書き分けは難しく統一されていない。強いて言えば、「柔」の方
　　が広い範囲で使われ、文学作品では圧倒的に「柔」の使用率が高い。文化庁の「こ
　　とばシリーズ17」によれば、柔と軟のどちらを書くか迷う場合には、「柔」（または
　　仮名書き」を使う方が無難であろうと解答している。

⑪⓪　よい

良い（物事が他のものよりすぐれた状態である。不良の反対）

　　　品質が良い　　　成績が良い　　　手際が良い　　　頭が良い　　　調子が良い

　　　待遇が良い　　　病後の経過が良い　　　良い作品　　　良い論文　　　良い計画

　　　良い習慣　　　良い友達

善い（道徳的にみて正しい。悪の反対）

　　　善い行い　　　世の中のために善いことをする　　　行儀の善い人　　　善い性

　　格　　　親切で心の善い人

　　㊟　この他、「人が好い」「運が吉い」「病気が快くなる」「佳い作品」「〜しても宜い」
　　　のように「よい」に「好・吉・快・佳・宜」の字を使うこともある。しかし、現行
　　　の常用漢字表（昭和56年内閣告示）ではこれらの漢字に「よい」の訓は掲げられて
　　　いない。

⑪⑪　**よむ**

読む（表現物の意味をとる。数を数える）

　a　文字を見て、それを声に出して言う

　　声を出して本を読む　　　子供に童話を読んで聞かせる　　　大きな声で台詞

　　を読む　　　お経を読む　　　詩歌に節をつけて読む

　b　文字を見て、その言葉の意味を理解する

　　新聞を読む　　　雑誌を読む　　　小説を読む　　　研究書を読む　　　字を読む

　c　人の心や暗号、図表などの意図するところを理解する

　　人の心を読む　　　顔色を読む　　　グラフを読む　　　暗号を読む　　　譜を読

　　む

　d　囲碁・将棋などで、局面を見て、勝負の成り行きを考える

先の手を読む　　次の手を読む　　相手に手の先を読まれる

e　数を数える

選挙で票を読む　　秒読み　　出席者の数を読む

詠む（詩歌を作る）

和歌を詠む　　俳句を詠む　　一首詠む　　季語を詠み込む　　秋の夕暮

れを詠んだ短歌

⑫　**わかれる**

分かれる（一つのものが、幾つかになる）

道が二つに分かれる　　三つまたに分かれているソケット　　枝分かれ

本流から分かれた川　　廃藩置県で武蔵の国は東京と埼玉に分かれた

意見が分かれる　　勝敗の分かれ目　　審査員の評価が分かれる

別れる（いっしょだった人が離れる）

幼い時に両親と別れる　　友達と駅前で別れる　　家族と別れて住む

恋人と別れる　　夫婦が別れて暮らす　　門の所で「バイバイ」と言って

別れた

⑬　**わざ**

業（生活していくための仕事。芸。行為）

漁を業とする　　業師　　軽業　　離れ業　　早業　　電光石火の業

神業　　至難の業　　仕業

技（巧み。腕前）

柔道の技　　技をみがく　　技をかける　　背負い投げの技　　相撲の技

技を競い合う　　象嵌細工の技　　職人の技

⑭　**わずらう・わずらわす**

煩う・煩わす（精神的に悩み苦しむ。気苦労をかける。面倒をかける）

　　思い煩う　　心を煩わす　　人手を煩わす　　親の手を煩わす

患う（肉体的に苦しむ。病気をする）

　　胸を患う　　腰を患う　　生まれてからどこも患ったことがない

　　　　　　　　著者略歴──田中稔子（たなか・としこ）

　　　1937年　東京に生まれる
　　　1963年　学習院大学大学院修士課程修了。（国語学専攻）

　　　〔論文・索引・著書〕
　　　伊勢物語の三元的成立論（1961年　岩波書店の「文学」）
　　　伊勢物語の作者について（1968年　学習院大学国語国文
　　　　学会誌）
　　　伊勢物総索引（1971年　明治書院）
　　　現代日本文法の問題点（1989年4月〜7月号まで連載、
　　　　至文堂の「解釈と鑑賞」）
　　　日本語の文法（1990年　近代文芸社）
　　　「疲れたんですから」はどうやって直す？（1991年　ア
　　　　ルクの「日本語」6月号）
　　　「多い人って言えないのはなぜ？」（1991年　アルクの「日
　　　　本語」12月号）
　　　「ときに」「うちに」「あいだに」「ところに」の使い分け
　　　　は？（1992年アルクの「日本語」8月号）
　　　ラジオたんぱ
　　　アルクの日本語教師養成講座　文法の教え方（1991年3
　　　　月〜1991年12月まで、毎月1回担当）